让日常阅读成为砍向我们内心冰封大海的斧头。

BARRACUDA FOR EVER

爷爷一定要离婚

[法]
帕斯卡·鲁特
著

黄可 译

中国友谊出版公司

献给米歇尔·莫洛,没有她,这些篇章绝不会变成一部小说。

致以我真挚的感谢。

八十五岁那年,我的祖父拿破仑觉得自己应该重新开始,于是就领着我的祖母约瑟芬娜去了法庭。她从不晓得拒绝他,就任由他去了。

他们在秋天刚到来时离婚了。

"我想改变自己的人生。"他对审理的法官说道。

"这是你的权利。"法官回答道。

父母亲和我陪着他们去了法院。我父亲希望拿破仑能在最后一刻有所退缩,但我知道他搞错了:我的祖父从来不改变主意。

我的祖母约瑟芬娜泣不成声。我挽着她的胳膊,递给她一张张纸巾,但过不了几秒钟,它们就被泪水浸透了。

"谢谢你,亲爱的雷鸥纳。"她对我说,"这个拿破仑,简直毫不讲理!"

她擤着鼻涕,发出叹息声,嘴角挤出一个温柔又宽容的微笑。

"算了,"她接着说,"他拿定主意了,这个犟驴。"

祖父对得起他的名字。从法院出来的路上，他把手插在自己全新的白色长裤口袋里，露出皇帝一般的骄傲神色，好像刚刚征服了一个王国。他走在大马路上，对行人投去满意而高高在上的眼神。

我对此着迷不已。我总是告诉自己，生活自有其秘密，但我的祖父知晓一切。

那是秋天刚刚到来的时候，空气清凉又潮湿。约瑟芬娜打了个寒战，把大衣的领子立了起来。

拿破仑宣布："我们要好好庆祝一下！"

爸爸和妈妈不同意，更不用说约瑟芬娜了，于是我们径直去了地铁站。

"你不想来个香草冰激凌吗？"拿破仑在路边一辆餐车前问我。

他把钱递给了年轻的小贩。

"两个冰激凌，一个是我的，另一个给我的小家伙。鲜奶油？是的。嗯……小家伙，要加鲜奶油吗？"

他朝我眨了眨眼。我点头答应了。妈妈耸了耸肩，爸爸眼神空洞地望着前面。

"我的小家伙当然喜欢鲜奶油！"

小家伙……他总是这么叫我。我也不知道为什么，但我总爱想象以前他经常去的那些保龄球馆和拳击场，每个人都被他喊作小家伙。

这和雷鸥纳没有什么关联。我叫雷鸥纳·幸福，今年十岁，这个世界对我而言仍然难以捉摸、神秘莫测，甚至有点和我作对，我时常觉得自己的身影从未在擦身而过的那些人眼睛里留下痕迹。而拿破仑总是安慰我，一个拳击手并不需要非常魁梧，大多数冠军是靠技巧和天赋取胜的。但我不是拳击手，我是个隐形人。

我出生在一个狂风暴雨的夜晚，当时房间里的灯泡烧坏了，因此我是在黑暗中发出了第一声啼哭。小幸福就这样诞生在浓浓的黑暗之中，十年的时间都不足以将它们驱散殆尽。

拿破仑问我："好吃吗，小家伙？"

"太好吃啦！"我回答他，"谢谢你。"

祖母似乎冷静了一些。我碰上她无神的目光，她朝我笑了。

"好好享受。"她小声对我说。

拿破仑问那个给他找零的小贩："你多大了？"

"二十三，先生。怎么了？"

"没什么，就是想知道而已。不用找了，今天是值得庆祝的日子！"

"所有人都听见了。"祖母嘀咕道。

回家的地铁上，我们坐在下班的人群中，都默不作声。祖母看上去泰然自若，正在给自己补妆，我缩成一团靠在她身边，好像我感觉到很快就要和她分开了一样。她把额头抵在玻璃窗上，看着外面连绵的风景。她用一种让人敬畏的方式表达自己的悲伤。有那么几下，她朝着那个曾经陪伴她生活的人投去目光，眼里的色彩就像飘扬在天空中的枯叶。我心想，当她唇边出现转瞬即逝的笑容时，脑海里在想些什么呢？

我告诉自己，她会理解一切的。

祖父的胡须被香草冰激凌染白了。他把脚搭在对面的座位上，轻轻地吹着口哨。

"我们度过了多么美好的一天！"他十分愉快。

"这是我想说的。"我的祖母低声说道。

一周之后，我们全家人陪着约瑟芬娜去里昂车站，拿破仑也来了。

她已经决定回法国南部自己出生的地方，那儿离埃克斯马赛很近，她的外甥女给她准备了一小套空房子。"总得看见事物好的一面。"这是她说的。她会和旧时的朋友重新联系，也会重新走在儿时踏过的小道上。更重要的是，那里有明媚的阳光。

"我那儿会比你们这儿热！"

像是为了证明她说得没错，淡淡的悲伤化作点点雨滴落在车站的玻璃屋顶上。

我们在站台上等待火车，行李堆得像一座小山。祖父大跨步走来走去，仿佛担心火车永远不会来了。

"小雷鸥纳，你会来看我吗？"祖母问我。

母亲替我回答了："当然，我们会经常去的。再说也不远。"

"你也一样，"父亲接话道，"要经常回来看看我们。"

"如果拿破仑叫我，我会回来的。记得把这话告诉他。我比谁都了解他,这个犟驴,我很清楚……"

她似乎思忖了几秒钟,接着说:"哎,算了,别跟他说了。等他足够成熟了,自己会来求我的,成熟到像一个烂掉的老苹果……"

祖父踱着小步走过来,打断了她:"车来了!做好准备!千万别误车!"

"你好歹潇洒一点,说几句让人愉快的话。"父亲说。

拿破仑拎起最大的那个箱子,转头对约瑟芬娜轻声说道:"我给你买了张头等座。"

"真是个温馨的提醒。"

约瑟芬娜坐在她的座位上,拿破仑和我父亲把她的行李箱固定在周围。我听见祖父和一个女乘客小声说道:"麻烦您多照看她。她不是看起来这样的,她很脆弱的。"

"你和那位太太说了什么?"祖母问他。

"没什么,我说火车啊,总是爱误点。"

我们回到站台上。广播里说前往埃克斯马赛的火车就要离开站台了。玻璃窗后面,约瑟芬娜朝我们露出笑容,仿佛她要出发去度假一样。

火车慢慢开走了,我们挥了挥手。最后一节车厢的红色车灯消失在薄雾中。

结束了。广播里在通知下一班火车的信息。其他的旅客占领了站台。

"我们去喝一杯!"拿破仑说,"我请客!"

在挤满旅客的咖啡厅里，拿破仑找到了一个长沙发，我们挤在一起。

他提出了无数个计划。

"首先是翻修房子。贴墙纸，重新上漆，到处都修一修。来点年轻的感觉。"

"我会找个工人来。"父亲说道。

"不需要工人。我要全部自己来。我的小家伙会帮我的。"

他停顿了片刻，拍了拍我的肩膀。

"这不合适，"母亲说，"你应该听你儿子的。"

父亲同意地点了点头，接着说："听我的没错，爸，再考虑一下。找个工人会简单很多！他能干最重的活。"

"你说得很对，"祖父提高声调，"然后我就满足于做点小零工是吧，像只麻雀一样！不可能！我要全部自己来。你记住，我没有对你们提任何要求。如果你们要来让我丢脸，那最好待在你们自己家里。我一个人应付得来。要么一个人干，要么还有我的小家伙。我还要搭一个健身房。"

"健身房？"父亲喊出声来，"为什么不用哑铃？"

"别搞笑了，哑铃。声明一下，我绝对不用它。"

父亲叹了口气，和母亲交换了一个眼神，随后清了清喉咙开口道："坦率地说，爸，如果你需要我的建议……"

"不用麻烦了。"拿破仑打断他的话，用吸管喝着可乐，"我非常清楚你在想什么。"

他们不同意，尤其是我父亲。没有人会在八十五岁，马上就要八十六岁的时候离婚。这个年纪，也没有人会想弄一个健身房，而且所有人都会答应让别人来帮忙装修房屋。再说了，也没人会在这个年纪翻新屋内装潢。当然也不会去搞屋外的装修。大家等待着，等待尾声到来。

"但实际上，"拿破仑又接着说，"你在想什么，我一点也不在乎。我不需要你的批准，你明白吗？"

父亲的脸涨得通红，有那么一瞬间，他愤慨的脸庞皱了起来，但母亲不动声色地碰了碰他的胳膊，减轻了他的怒火。

"我以为我能做到的。"他最后低声抱怨了一句。

拿破仑朝我眨了眨眼睛，说："Laŭ vi, ĉu mi estis sufiĉe klara, Bubo?"

他说的是世界语，"你相信我是相当清楚的，对吧，小家伙？"祖父能十分流利地讲这门语言，还教了我一些入门知识。

我点头表示同意。

世界语是我和祖父之间的私密语言，当我们有什么秘密要分享的时候就讲世界语。我喜欢这些从遥远地方来的奇怪又亲切的发音，这是一种让你觉得整个字母都在你嘴巴里的语言。他在第一次人生的时候学了这门语言，为的是在拳击场上叱咤风云时方便和外国拳击手说话，也为了解决运动员之间的纷争，还能欺骗教练、经理人、记者等所有人。

"他说什么？"父亲问道。

"没什么。"我说，"他说你很体贴，这么为他着想。"

我们离开车站。一大排长龙似的出租车正等待着乘客。
"嘿!"祖父朝着一个司机喊了一声,"你有空吗?"
"有空啊。"
"太好了,"拿破仑说,"我也有空!"
他放声大笑。

拿破仑已经有过两次人生，而且他就像猫一样，一定还有很多备用的人生。第一次人生的时候，他在全世界的拳击场游走，还登上了很多报纸的头条。他体验过拳击锦标赛赛场上昏暗的荣光，闪光灯咔咔作响，那是胜利所带来的短暂喜悦；也体验过失败之后在更衣室里无尽的孤独。

他后来成了出租车司机。"的哥"，他总是喜欢带着口音说这两个字。他从来不把车顶上的出租车灯拿下来。冬天的时候，每次他来学校接我，就会让它亮着，"T""A""I"三个字母在夜里闪着光芒，而"X"则拒绝亮起来。他打开标致404的车门，用正式的语气问我："先生，您想去哪儿？"

但是，约瑟芬娜离开之后的第二个礼拜的星期五，他只对我简单地说了句"我带你去个地方"。

"去保龄球馆？"

"不是保龄球馆，过会儿你就知道了。"

拿破仑只跟我说他已经慎重考虑过了，应该要有一个重要的事件作为第三次人生开始的标志。

"一件值得高兴的事情!"他说着话,遇到右边先行也没有停下来。

"好的。但是爷爷你开到马路左边了。"

"没关系,"他说,"英国都靠左边开车!"

"但我们不在英国!"

"他们为什么从刚才就一直按喇叭?你知道吗?"

"爷爷,你是哪一年拿到驾驶证的?"

"首先,从今天开始,不要再这么叫我了。然后你说什么证?"

太阳快要下山了。

每到一个十字路口,他都条件反射地把手伸过来挡在我面前,以免紧急刹车的时候我撞上挡风玻璃,就好像他的车子根本没有安全带一样。我们开了半个小时,然后离开马路驶进了一条小路。

"就在那边,我们到了。"

我读出入口处的三个字母:"SPA。"

"很好,你认识三个字母,这就足够了,你已经可以应付它了。快点,我们快进去。"

"你要领养一只狗狗?"快步走在家犬中心的水泥小道上时,我问他。

"不是,不是,你要搞清楚,我是要来找一位秘书。你老是问这些问题!"

笼子里传出各种狗吠声,有的低沉,有的尖厉。这里有全世界各种各样的狗狗,有所有能想象得到的毛发种类:长的、短的、厚的、细的、直的,还有卷的。大部分狗狗看起来垂头丧气,蜷缩在笼子最深处,当有人从笼子前面经过的时候就摇摇尾巴。

有些狗狗得了皮肤病,用爪子拼命地挠着,有些狗狗的眼睛像在流泪,还有那么几条正在追着自己的尾巴转圈圈。

西班牙猎犬身形矫健,博斯犬很结实,杰克罗素脾气十分暴躁,这一边还有看起来很可靠的拉布拉多,优雅的苏格兰牧羊犬,以及纤细高贵的猎兔犬。我们左右为难,这真是个大问题。

"不容易选啊!"拿破仑说,"我们可没办法都带走!还不能用抽签的方式……"

祖父正在犹豫,接待我们的太太说:"这取决于你打算让这只狗狗做什么。"

"没错,可我们不知道。"拿破仑答道,"好一个问题!我们想要一只像狗的狗,这就够了。"

他指了一个笼子,铁网上什么标志都没有:"那里面是什么?"

"那个笼子?"这位工作人员说道,"我想应该是一只刚毛猎狐。"

那只狗狗把头抬了起来,无神的眼睛望向我们,几秒钟后深深地叹了口气,又把头埋进爪子里了。

"你确定?"拿破仑问道。

"不是很确定。更像一只塞特猎犬,可能是……请稍等,我确认一下。"

这位太太在文件堆里乱翻一通，把它们掉得到处都是。

"顺序乱了。"

"算了，我们不关心它是什么品种的，是吧，小家伙？"

"没错，我们不在乎。"

"它几岁了？"

太太露出确信且专业的表情："嗯……差不多一岁。不对，两岁。两岁没错。"

她的脸上露出一个局促的笑容。

"实话说，可能要小一些，或者要大一些。"

她再一次到处翻找文件，结果它们从她手里掉下来，掉进了狗舍里。

"算了！"拿破仑说，"我们也不在乎它的年龄。这种品种的狗狗，大概可以活多久呢？"

"这是一种生命力很强的狗狗，"太太答道，"可以活到将近二十岁！你好像有点担心，这有什么问题吗？"

"这当然是个问题！"拿破仑大声说。

"啊，我明白，我能理解……"

"没错，"拿破仑说道，"这就是养动物的问题，它总是离开得比我们早，真是痛苦。"

"难以置信，"拿破仑说，"你瞧瞧，我们进来的时候是两个人，离开的时候却是三个！"

我们相视而笑。

我们想和它说话，和狗狗说话，但一直没敢开口，因为感觉有点奇怪。

拿破仑从口袋里拿出一条像蛇一样盘在一起的全新狗绳，标签都还贴在上面。

"你都准备好了，爷……拿破仑！"

"全都准备好了，还有这个！"

标致404的后备厢塞满了狗粮。拿破仑拉开后车门，正式地说道："新生活开始了。先生，您想去哪儿？"

狗狗跳到后座上，到处闻起来，用它自己的方式探索着，随后就舒服地待在后座上了。

车里的计程器坏掉了，显示着"0000"，我确实觉得它预示着某些事情的开始。

"说真的，"拿破仑坐进驾驶室的时候开口道，"我们不需要什么特别品种的狗狗，只要是一只狗，一只像狗的狗就够了！"

接下来的问题是要取什么名字。什么梅多、雷克斯、蓝丁丁、巴鲁，没一个满意的。等红灯的时候，我们两个人都扭过头。狗狗抬起温柔的眼睛望着我们，那里面充满了疑惑，它的眼睑像是化过妆。

"要一个与众不同的名字，"祖父说道，"它应该是全新的！给那些旧玩意儿通通画上句号！"

"句号！"我喊出来，"这是个好名字！"

"行啊！句号是个好名字！"

他把头转向后座，问它："那么，句号，这个名字你满意吗？"

"汪。"

"看起来它很满意！"我说，"绿灯了，你可以走了。"

"这是个漂亮名字，"祖父启动汽车的时候说，"对一只狗狗来说，与众不同，引人注目。也很高雅，比'逗号''后引号'什么的好多了！你和狗狗很有缘分，能感觉得到。"

一到家，我们就把后备厢里的狗粮一箱箱搬出来，堆到橱柜里。

"干得漂亮！"拿破仑说，"我有东西要给你。"

他打开抽屉拿出一个鼓鼓的布袋："别紧张，不是狗粮，快打开。"

他的眼睛里闪过一丝狡黠。

是弹珠，好多弹珠。用黏土做的古老弹珠，还有玻璃的、玛瑙的、特别大颗的、七彩斑斓的……这是拿破仑的整个童年。

"它们不全是我年轻时候的东西，"他说，"我花了很多年才收集了它们。给你比放在我这里有用。你知道的，我的玩伴已经不多了。大家更爱集邮，但收集邮票总是让我很烦，而且我也收不到那么多的信。必须说，写信对我来说已经不是那么容易的事情了。"

我的双腿有点发软，心脏怦怦地跳，嘴巴却说不出话来。

"你不许哭，知道吗！"他对我说。

就这样,句号来到了我们家。第二天它在爸爸和妈妈面前露了个脸。这是一只好养的狗狗,很温驯,一点小东西就能让它开心。父亲只是问:"这是什么品种?"

"就是狗,"拿破仑答道,"就这样。也不知道为什么,我就知道你会问这个问题。"

"你别发火啊,"父亲咕哝道,"只不过是想知道而已。因为大家都习惯说'这是只鬈毛狗''是只拉布拉多'……"

"不用这么麻烦,我们只要说'这是只狗',一只杂交犬。句号!"

"好吧,你不要因为一个小问题发火。"

"我没有发火。句号就是它的名字。要说我会发火,还不是因为你老爱把所有东西都分门别类?你还是小毛孩的时候就喜欢这样,还记得你的邮票吗?你一直喜欢干这种事情,给人分三六九等——然后是狗——把他们一个个都装进盒子里。这样你就能让他们像在……"

母亲耸了耸肩说:"说到底,你能不能告诉我为什么会有这只狗?既然……"

"既然什么?"

"没什么。"

拿破仑手舞足蹈地说自己一直都想要有一只狗。他小时候住在贝尔维尔附近的一个小公寓里,后来又成了拳击手,就更不敢去想这件事了。就算是和句号一样温驯的狗,能陪着一个拳击手过颠沛流离的生活吗?

"再后来,你妈妈对狗毛过敏,真是太巧了!现在我已经决定了,我要陪它到最后一刻。"

母亲露出吃惊的表情。

"到它的最后一刻。"拿破仑耸了耸肩,补充道。

母亲掏出她的记事本,拿铅笔在上面画了起来。句号好像明白了,朝她摆出骄傲又高贵的姿势。它成了母亲作品中的一页。

我喜欢看她创作时的样子。她能把身边的一切都画下来,全神贯注于她的模特,就像周围的一切都不见了。她六岁才开始学说话,所以总让人觉得她不善言辞。她就像只会极少的词汇,说话言简意赅,但所有她不曾说出口的,都被她画了下来。寥寥数笔,一切就都跃然纸上。一瞬间,她捕捉到了眼睛里的光,用画笔补上几道微不足道的线条,很多东西一下子就截然不同了。众多捕捉而来的画作装满了抽屉,被装订成画册,这些画总是带着诗意,断断续续地讲述着一些故事。她时常在图书馆或学校翻看它们。

父亲围着它转了几圈，还查了百科全书，然后宣布它有猎狐、猎兔犬、西班牙猎犬和一点马耳他犬的血统，真是个大杂烩。至于它那条看起来像是最后被加上去的斑斓长尾巴，目前还无法确定来自什么血统。

"啊，"拿破仑扭头看我父亲，说道，"消停几分钟，我有件事想请你帮忙。"

他从一个大信封里掏出一大捆打字稿。

"你看，这是法官写的。你能不能帮我看看？我其实可以自己看的，就是忘了戴眼镜。"

父亲接过文件看了起来。

"你看看，'离婚理由：为了重获新生。'行行好，爸，你也太夸张了。"

拿破仑骄傲地笑了，句号饶有兴趣地看着他。

"总结，他说所有人都同意，没有人反对。"

"确实如此，"拿破仑说，"所有人都很满意，一切都很完美。"

"应该只有你，"父亲说道，"约瑟芬娜我可不确定……"

"得了得了，你懂什么？后面还说了什么？"

"所有都处理妥当，后面是一些程序上的问题……"

"长话短说！"拿破仑要求道。

父亲直接看到文件的最下面："你知道法官用铅笔补充了什么吗？'祝君好运！'你自己好好看看。"

"这个法官是个好人，"祖父说道，"我觉得我们之间的沟通非常顺畅，我应该请他去喝一杯。"

拿破仑从我父亲手里把文件拿了回去。

"我要把它裱起来挂在书房里，作为我新生活开始的标志。"

他把那沓文件递到我眼前："你看看，小家伙，漂亮的证书！我的第一份证书！我要把它和洛奇①的海报挂在一起！"

他笑了。厚实的花白头发后面，他的蓝眼睛闪着光芒，有一撮头发总爱掉下来，落在他的脸颊上。我爱他的自由自在，我爱他细密的皱纹之中那年轻的目光，甚至在他一点也不恼火的时候，也总是紧握着的拳头。

"如果你很满意那就太好了，"父亲说，"我知道你不喜欢别人管你的事情，也知道你不把我的意见放在眼里，但我还是觉得你对妈妈太过分了，我想说的就这样，我也不会再讲第二次了。"

"你说得一点没错。"拿破仑说道。

父亲看起来很满意，直到拿破仑说："你有两点说得没错——我不喜欢别人管我的事情，我不在乎你的意见。"

拿破仑转头问我："Ĉu vi ne taksas lin cimcerba?（你不觉得这是个疯子吗？）"

我只是笑了一下。

"他说什么，雷鸥纳？"父亲问我。

"没什么，"我答道，"他只是说你是个好人，他很感谢你这

---

① 《洛奇》是一部1976年的美国电影，由史泰龙主演，讲述无名拳击手洛奇·巴布亚争夺拳王的故事。

么关心他。"

父亲脸上露出了笑容,那么一瞬间让我心里有一种隐晦而柔软的悲伤。母亲从身后抱住了他。

"就是这样,终于结束了!"祖父耸了耸肩,咕哝了几句。

隔天,我认识了亚历山大·罗契科(Alexandre Rawcziik)。"有两个'i'。"他立刻强调了这一点。他珍视名字里的两个"i",就像我珍视藏在书包里的拿破仑的弹珠一样。他戴着一顶皮草和皮革做成的奇怪帽子,上面还有天鹅绒和羽毛。他小心翼翼地把它挂到了走廊里的衣帽架上,这个奇特的玩意儿让我着迷了。

他看起来很害羞,还有点难过和孤单,离班上的其他学生远远的。他身上的这一切,一下子博得了我的好感。几个小时之后,我突然发现自己已经把他看作最好的朋友了。这就是终于找到与自己相似的、能够分享一切的伙伴时的喜悦吗?这是拿破仑的弹珠带来的魔力吗?没有人知道。但是,那种不可战胜的全新感觉让我陶醉,使我毫不犹豫地要和亚历山大玩一局弹珠。被托付了扩充珍宝任务的我,就这样把拿破仑的弹珠置于危险之中。

我看着它们一颗一颗地消失在这个新朋友的口袋中。期待着情况有所改变,我便从旧袋子里不断地拿出新的弹珠。好运会到来的,我确信这一点,但无济于事,我糟糕的天赋总是让弹珠在最后一刻偏离该走的路径,错过它的目标。

亚历山大漫不经心地把他的战利品收进口袋,像个机器人一样,甚至都不看我一眼。弹珠在他越来越鼓的口袋里互相撞击着,发出细微的声响。我告诉自己该收手了,不然会失去所有弹珠,但每一次,我的手就像不是自己的,又伸进袋子里拿出弹珠,开始新的一局。他有恶魔般的技巧,动作像神枪手一样精准。

先是输掉了最不起眼的弹珠,其次是最晶莹透亮的,最后轮到那些最宝贵的。一天之内,我失去了珍宝。

"结束了,"我说,"我没有弹珠了。"

奇怪的是,我一点也不怨恨亚历山大。是我自己挥霍了神圣的东西。

袋子像我的心一样空荡荡的,我发出呜咽声。我以为自己是谁?为什么就得一直玩到最后?现在一切都太迟了。

弹珠悲剧发生的隔天，祖父向我宣布："小家伙，我任命你为我的副官。官方宣布，雷鸥纳·幸福被任命为副官。"

"为您效命，长官！"我边说边模仿士兵立正站好。

"我们将进攻烧坏的灯泡。我们将有更加光明的未来！对不对，小家伙？"

"没错，就是这样。"

我搬来一把凳子，他爬上去要把灯泡拧下来。

"你确定切断电源了吗，爷爷？"

"别担心，小家伙。还有，别叫我爷爷。"

"好的，爷爷。我没有担心，我只是不想你和克劳德①一样……"

"可怜的克劳德，每次想到这个就觉得自己被击中了！被电流击中……哈哈！"

他放声大笑，在凳子上都快站不稳了。

---

① 克劳德·弗朗索瓦（Claude François, 1939—1978），法国著名香颂歌手，法国乐坛传奇人物之一。

"我们严肃点,把新的灯泡给我。"

他的手里闪过火花,然后就全黑了。

"哎哟!去他的!"他一边说一边挥着手,像在冷却一样,"我一定是忘了什么!但是这房子的电路是我自己装的啊,搞不明白。一定是你奶奶又叫谁来把它们都弄得乱七八糟,我们才会碰上这种事。女人真是靠不住。"

他从凳子上跳下来,轻盈地落地。随后他找出蜡烛点上。

"光明来啦!"他骄傲地说。

整个过程让句号很开心。它端坐着,摇着尾巴,像在等待接下来好玩的事情。

"厉害吧,小家伙?"

"没错。"

"你有没有发现,我们俩还挺有默契的。"他坐到旧沙发上。

"是我们仨!"我摸着句号,纠正了他。

他说得有道理。昏暗的光线里,我们俩看起来就像两个入室盗窃的小偷,两个小偷和他们的狗。

"我在想它是不是一只会看家护院的好狗。"拿破仑说。

像是要回答他似的,句号躺到地上露出肚皮让人抚摩。

"到我这边来,"祖父拍了拍沙发,"我有话跟你说。"

他的嗓音很轻,有点颤抖。那一瞬间,某种脆弱的感觉侵袭了我。约瑟芬娜不在的那种感觉充满了整个房间,我想,拿破仑心里也一定和我一样空荡荡的。

"小家伙,"他叹了口气,"尽管有些人我们再也看不到了,但他们一直在。"

尽管如此,他看起来很放松。我看见他那双厚实的大手就像两片大叶子一样盖在他的膝盖上。蜡烛发出的平静光芒,抚慰着我们的周身。

"蜡烛怎么烧得这么快!"祖父咕哝道。

蜡烛像是被气流惊动,火焰摇晃了起来。

"十五分钟的感伤和沉思的时间结束啦,来掰手腕!"

我们非常正式地面对面坐好了,把手握在一起,掌心对掌心,肌肉蓄势待发。胳膊开始摇晃,向左,向右。朝着对方做鬼脸。咬紧牙关,露出痛苦的表情。这次我一定要打败他。但就在我快要赢得胜利的那一刻,就在他的手背离桌面还有一厘米的时候,他笑了,轻轻地吹起口哨,盯着自己另一只手的指甲,轻松又优雅,然后毫不费力地扭转了局面。我的手就像表盘上的指针,被拧向了另一边。

就在这个时候,有人敲门。

"你听到有人敲门吗?"我问道。

"听到了。你去开门,我去找个保险丝。真是清净不了两分钟。"

门外有两个人,穿着一样的衣服,提着一样的手提箱。

"只有你一个人吗?"他们其中一个问我。

电来了,祖父出现在我身后,让我吃惊的是,他没有确认这两个人是谁就让他们进来了,还邀请他们坐到桌子边。我发现他的拳头又一次握紧了。

"Ni amuziĝos, Bubo! Ili ne eltenos tri raŭndojn!（我们来捉弄他们，小家伙！他们坚持不了三轮的！）"

两位来客从手提箱里取出小册子和产品目录。祖父露出专注的表情，眼神里充满好奇。那些图片引起了他的兴趣。

"您看这里，"介绍的人说道，"这是一种扶梯，我们可以沿着台阶安装，这样上楼就一点也不费劲了……就像一台私人小电梯，这是最高级的。"

"不错不错，那这个是什么？"

"这是给听力下降的人用的助听器。"

"什么器？"拿破仑竖起耳朵问。

"助听器，是给……"

"捕蚊器？你说的是这个吗？不需要，这里又没有蚊子。相反，倒是有不少讨人厌的家伙。"

两个男人互相交换了一下眼神，努力忍住不笑出来。

"那这个又是什么？"祖父指着另外一张图片问道。

"放大镜，给视力下降的人用的。"

"真有意思。注意，这明显是给附近那些浑蛋用的……那这个呢？奇怪了，这是给小孩子的玩具吗，一个小汽车？"

"这是最新款步行器的模型，用钛和碳制成，圆形刹车装置，专门给行动不方便的人使用。您未来是不是也考虑一下？"

"太好了，来得正是时候，我一直想要来一个。"

两位推销员露出满意的笑容。

"嗯,小家伙,我们考虑考虑!Bubo, ĉu vi kredas, ke li iras ĉe sia amantino!(你马上就会看到他们的下场了!)"

怒火被点燃了,而且不止一桶火药。片刻的沉默,仿佛烟火绽放前的宁静。

"那么……未来,我们来聊聊它!"其中一个推销员说道,"我们认真聊聊。"

"我们来聊聊你的未来,"拿破仑交叉着双手,眼睛里像要放出箭来,"非常认真地聊聊。"

两个推销员看了我一眼。他们上当了。我耸耸肩表示我啥也不能做。

"你马上就要看见的未来,小浑蛋,就是立刻给我闭嘴。至于你更远一点的未来,就是你脸上要挨上这么一拳。你能告诉我这些乱七八糟的东西都是要卖给谁的吗?"

"给那些有点……我不知道,我……有点年纪的人,对!"

"你想说老人家是吧?"祖父挑起了眉毛,"说清楚点!"

"好……是,实际上……就像你说的那样。"

拿破仑抖着腿。

"是不是因为你们看见这屋里有个老人啊?你看见了吗,小家伙?"

"没有,"我回头看了看,像在仔细地查看整个房间,"完全没有!就算是句号,它也非常年轻!"

"汪！"

两个手下败将有点结巴了。他们不敢再说什么。祖父忽然变得高大起来，几乎要和天花板一样高。他重重地拍在桌子上，桌子裂开了，产品附录飞了起来。

"胡说八道，你们看见这房子里有老人吗？有没有？这问题复杂吗？！就算跟你们一样无知的人也能理解，想活命就给我好好回答这个问题。"

他的胳膊挥过眼前的空气，把飞起来的目录扫到了墙上。

"没有，我们没看见有老人……我们搞错地址了。老人不住在这里。我们很高兴能来这里，但是我们该告辞了……"

我们听见汽车像龙卷风一样开走了。

"混账！"祖父说道，"他们是要我的命，这两个倒霉小子。过来，小家伙，我需要发泄一下。"

我知道他想做什么，我们面对面坐下。

"小家伙，拳击！来，试试看能不能推动我！"

拿破仑太瘦了，他的胳膊很细，从侧面几乎都看不见它们。但他的脸却像一座小山。

"防守，注意防守！看我的腿。"

他把拳头举到面前，上半身前倾，就像他曾经的样子，一个真正的拳击手。在这个位置上，他岿然不动，准备好要打败任何一个敌人。

他差点就赢得1952年的世界次重量级拳击赛冠军，但最后关头被洛奇打败了。我把这场比赛熟记于心,那时候,所有的报纸都在讨论这场比赛,这场比赛给他的职业生涯带来光芒的同时也为他画上了句号。因为在这次失败之后,他就再也没有戴过拳击手套了。我从来没有胆量去问他关于这场比赛的事情,但不知道为什么,那天我问他:"那场比赛,你是不是失误了?你自己知道的,对不对?"

他正在专心给狗狗喂食,似乎没有听见我的问题,漫长的几秒钟过去了,他冷冷地答道:"没有。我没有任何失误。只不过裁判被收买了。"

他用一条白色小抹布擦了擦手,我知道这个动作意味着我不该再问问题了。

"也别相信报纸上说的,"他就像知道我脑袋里在想什么似的,"全是胡说八道!谎言!"

他沉默了几秒钟,看着句号埋头大吃盆子里的狗粮。

"这样就能让一只狗狗美餐一顿,真是难以置信,不是吗?"

他用苍白而迷茫的眼神望了我一眼。我仿佛看见了无尽的永恒。桌子上的蜡烛就要燃烧殆尽,烛心摇曳。

"你后来为什么不打拳击了?"我问他,"我想不明白,你为什么不马上去报仇雪恨?"

"过来看看。"

我们去了陈列室,那是一个真正的拳击神殿,一切过往都被牢牢锁在里面。

墙上挂着拳击比赛的照片,还有评委颁发的精致证书。照片里的拿破仑穿着白色的运动短裤,露出他精瘦而富有肌肉的腿。他咬着牙上击,打出右勾拳,他在防守,敏捷地避开对手的勾拳。战无不胜,从未被打败过。

"仔细听,小家伙……"

我竖起耳朵。

"你听见人群的欢呼声了吗?尖叫声,还有拳头撞击的声音?"

我只听见漏水的汩汩声,但还是点了点头。

拿破仑陷入了沉思之中。

"我一点都没变,小家伙,我被时间赦免了。"

"不,爷爷,你不是一点没变,你是从来就没有变过。对不对,你以后也不会变的?"

"不会变的,我保证。"

拿破仑站在洛奇的照片跟前,眯起眼睛,肩膀颤抖着。

那张脸轮廓硬朗,双唇紧闭,嘴巴好像上了锁一般坚毅。肩膀上的汗水发出亮光,双拳紧握在脸颊前。洛奇,伟大的洛奇,他最后的对手。

拿破仑叹了口气。

"去找洛奇报仇雪恨?这个浑蛋玩完了。那之后没过多久他死了,得了莫名其妙的病,其他的我就不知道了。我总觉得这在开玩笑。你骗到我了,这个浑蛋!"

拿破仑觉得我们这一天已经干了够多的活儿了。他要打个电话。

"打给软蛋。"他说道。

软蛋就是我爸爸。

我以前一直都不知道这个神秘的称呼是什么意思。我心想应该是个温馨亲密的叫法。等我又长大了一些才终于理解它的意思，后来每次祖父用这个词，我就觉得不自在，甚至觉得有点下流。我对这个称呼感到震惊，仿佛和父亲一起被冒犯了。

"喂，是你吗？我要带你儿子去保龄球馆。"

他边讲电话边瞥了我一眼。

"我们几点回来？我可不知道。这是什么问题！你知道我从来没戴过手表！你给我的那个？我弄丢了，还是被我转手卖掉了，想不起来了。你知道的，保龄球，就算知道什么时候开始，也搞不清楚什么时候会结束啊。不不不，你不懂，真的。作业？写完了。"

祖父用手挡住话筒，小声跟我说："他扯个没完，你快去准备一下，我们马上出发。"

然后他又接着讲电话。

"语法练习，当然写完了。听写显然也做完了。全都搞定了。"

我刚刚把球和鞋子找出来,拿破仑就挂掉了电话。

"你听见了吗,小家伙,我跟他撒了个谎。他只惦记着作业,幸亏你不像他。"

我的心里很难受,但还是努力对他露出笑容。我们总是和喜欢的人不像。

拿破仑迅速穿好黑色的皮夹克,然后我们走出房门,把钥匙放在门口的擦鞋垫下面。他为我拉开标致404的车门。

"劳驾,先生。"

祖父有自己的保龄球,乌黑发亮,非常重,上面刻着几个英文"born to win"——"为胜利而生"。在他那双缝了白线的手套上也能找到这句话。他觉得这句话非常有水平,带着一种高雅的品位。

放弃拳击之后,他挑了保龄球来解闷,但很快就像在拳击场上一样,他又成了保龄球馆里闪亮的人物。

"准确、灵活、轻巧,这是打保龄球的三个要点。"他说道,"玩弹珠也一样!"

他把自己的标致横跨在三个停车格上,然后我们进了保龄球馆。

那天晚上他状态极佳。一段小小的冲刺之后,他优雅地往前一跨,身形就像做工精细的剪刀。保龄球不情愿地从他手里脱离了,仿佛离开他的手指是一件痛苦的事情,但随后它就以优雅的弧线冲出,身影如此轻盈,让人难以忘怀——它仿佛在气垫上驰骋,从未触碰到木地板。分数打在一个小屏幕上,边上还有个跳舞的穿比基尼的女孩。全倒!一小群人围到了我们边上。

大家期待着，四下里静得出奇，拿破仑全神贯注，准备投出一个世纪大满贯。

"别失手啊，老家伙。"

祖父在原地僵住了，他轻轻抛着手里的球，用冰冷的眼光扫视周围的人。这群嘲笑他的年轻人，看来是打算在医院里过夜了。拿破仑揪住了主谋，深深吐了口气，想冷静下来，然后重新开始他的冲刺。

另一个男孩喊道："腿都要僵了啊，老爷爷！"

沉默凝固了。祖父放下保龄球，清了清嗓子。他看起来心不在焉，却又不容侵犯。

"过来，小家伙。"他的声音浑厚，"我们走吧，这里太难闻了。"

"然后呢？"隔天，亚历山大问我，"后来发生了什么？快告诉我。"

"你想知道？"我反问他。

"没错，快说！"

"后来我们回到停车场，那时候是晚上。结果那群年轻人就在那儿等着我们，他们把手指的骨头按得咔咔作响。你看看他们什么德行！"

"哇！"亚历山大惊呼了一声，"然后你们回保龄球馆了吗？"

"才没有。我爷爷就跟他们说，'想挨揍通常得预约，但我今天就破个例,谁要先来?'"

"那时候你在哪儿?"

"我很悠闲地坐在我爷爷那辆车的引擎盖上,帮他保管保龄球。我就像在电影院里一样,就差个爆米花了。"

"你不害怕?那是你爷爷啊,你不害怕吗?"

我笑出声来。

"害怕?要怕什么?他对我说,'不好意思,我遇上了点麻烦,给我两秒钟。'然后就是'啪!啪!'他朝他们一个接着一个打过去,像这样,毫不犹豫!你真要看看当时打起来的场景!那些家伙在地上痛得扭起来,一直呻吟,然后我爷爷就跟他们说:'如果你们还想留着底裤,就快给我滚蛋!'"

"然后呢?"

"然后他们就逃跑了!"

"太厉害了!"亚历山大说,"你讲得太好了!"

亚历山大·罗契科一直对自己家里的情况守口如瓶,此外,对于为什么搬家和错过了开学时间也一字不提。他很讨厌别人想知道他的过去,又好像很害怕。尽管如此(或者说正是因为这样),许多孩子还是绞尽脑汁地向他提了一堆问题:你从哪儿来的?你有爸爸妈妈吗?你爸妈是干什么的?

他为了躲避这些问题而展现出来的艺术让我着迷。他应付这个游戏就像玩弹珠一样熟练。而且那些人也很快就失去了兴趣,他们接受了一无所获的事实,为了报复,他们彻头彻尾地无视了他,当他不存在一样。他们热衷于把他当作某种生物，或者是让人恶心的东西，但他有个举动让我觉得好奇：他会观察昆虫，跟着昆虫走，把整个课间休息的时间都用来把昆虫从学生经常走的小道上抓到远远的地方藏起来。他知道它们的学名和一些科学的名称，像什么鞘翅目昆虫、金匠花金龟、虎甲虫，或者是鹿角锹甲虫，它们很快就像拿破仑的世界语一样，在我心中变得闪闪发光、宝贵又充满诗意。

我们两个人一起度过了很多时间，不仅仅是一起在去学校的小路上奔跑而已。自从他发现我从不问他家里的事情之后，我们之间从他刚来时就建立起来的友谊变得更加牢固了。至于拿破仑的弹珠，我还是不敢提起它们。说到底，它们已经不再属于我了，我觉得自己应该忘了它们。

但是那天晚上，当我讲完拿破仑在保龄球馆的英雄故事之后，我看他从口袋里掏出了一个袋子。他打开袋子，把手伸了进去。

"我喜欢你跟我说你爷爷的故事。你讲故事比你玩弹珠厉害多了。拿一个弹珠吧。"

"但是……"

"拿吧，快拿。你以后要继续跟我讲这些故事。"

父亲很早就去了银行。我躺在床上，听见他汽车发动的声音。他启动发动机，调好收音机，然后车子轧过沙石发出咯咯响声开走了。这个规律的步调让我感到安心。我起床的时候，母亲已经在画画了。我偶然发现母亲在她布置的小画室里度过了整个晚上，那是家里最高的地方，在顶楼的角落，就像一个小小的船舱。我是唯一可以站在中间不用弯腰的人，我喜欢在那里探索，喜欢那里胶水、油漆、画笔和涂料的气味。

她也曾试过找一份比较传统的工作，有严格的上下班时间，有需要听从的领导，但她总是做不了几个礼拜就被辞退了。要么是因为她不遵守上班时间，要么是她在档案和文件上涂满了画作，甚至是因为她趴在办公桌上睡着了；但大多数时候，只不过是因为她从被招进公司之后就再也无法说出一句话了。她做不到，一个字都说不出来。她就是无法适应工作。

而当她画一朵花儿的时候，我们仿佛能闻见它的芬芳。如果有人对花粉过敏，他一定会想打喷嚏。她的画作总是沐浴在阳光中，仿佛让人察觉肌肤上有一股明晃晃的热浪,但她却又是少有的能够描绘下雨光景的艺术家。她有一本册子里画满了雨——绵绵细雨、梅雨、大雨,还有夹杂龙卷风的雨,我们真的能听见雨滴落在屋顶上的声音,察觉到雨水打在皮肤上,甚至能闻到夏日雨后草木散发的特殊气味。

这天清晨,如往常一样,我轻手轻脚地爬上楼梯,尽可能不发出一点声音,想给母亲一个惊喜,但她连头都没有转过来就说道:"我听见啦!你又输啦!"

她在一片杂乱无章中工作,这让我感到开心。画纸像金字塔一样叠了起来,摇摇欲坠,光盘、书,还有仿佛靠魔法才保持平衡的小盒子放成一堆,墙上的照片重重叠叠,到处都能踢到有彩色封面的相册。我心想:要如何在这种混乱中画出如此清澈明净的画作?

"你今天要去拿破仑家吗?"她问我。

"嗯,我们要攻克墙壁。"

"这样啊,"她露出笑容,"你父亲不是很开心。拿破仑有时候喜欢夸大其词。"

几天前,我们去装潢商店挑了一些材料,拿破仑把账单记在了我父亲的银行账户上。因为他们两个户头的名字一样,这个小把戏没人看出来。

"他还好吗?"她问道。

"爷爷吗?他很好。我都有点跟不上他的节奏!"

母亲和她画作中的人物很像:健康而充满愉悦,对成年人要面对的问题毫不在乎,同时又似乎拥有挥之不去的静谧而温柔的忧郁。这些人物在转瞬之间或笑或哭,不过是翻过纸页的时间。有一天,她画完了一本书,在书里她讲述了一个因生病而行动不便的小女孩的故事,但也正是因为疾病,小女孩才遇见了绘画。我很确信,她讲述的就是自己的故事。对了,那个小女孩的名字叫作艾丽娅。

母亲把画笔伸进一个装满水的广口瓶里,用一种尽可能轻描淡写的语气跟我说:"我知道你们不喜欢让我们知道你们俩在搞些什么,但是,如果什么时候你们需要帮助了,要让我们知道。有些时候。"

她顿了一下。几秒钟之后我意识到她的话已经讲完了。确实如此,她又拿起了画笔。

"这是你的故事,对不对?"我问道。

她调皮地笑了笑。

"我也不喜欢别人知道我在做什么。到时候你会读到它的。"

"很快吗?"

"我不知道。"

我走到楼梯口,突然又停下脚步。

"妈妈,我还有一个问题。"

"什么问题?"她并没有停下手里的画笔。

"我不明白为什么拿破仑要离开奶奶。她一下子就答应了重新开始,但爷爷好像一直在想她。他没有说出来,但我感觉得到。"

她的画笔在纸上滑了一下,然后停住了。她过了几秒钟之后才回答我:"去帮助拿破仑吧,宝贝。每个皇帝都有自己的理由。"

骑脚踏车只要几分钟就能到小城另一头拿破仑住的地方。他的房子比我父母的要小得多,那些蓝色的百叶窗总让人想起海边能看到的渔夫小屋。

我到达的时候,客厅里已经弥漫着一股浓稠的水雾。几天前,我们已经把家具都搬到屋子的正中间。拿破仑手里正握着一台怒吼的剥离机,他看起来就像是正在斩杀九头蛇的大力士赫拉克勒斯。

长长的墙纸滴着水从墙上垂下来,句号用嘴巴把它们咬下来。

"你好吗,我的小家伙?"

"非常好。你呢?"

"好得不得了。完美极了。我觉得自己焕发新生了。去把窗打开,不然什么都看不见了。"

水汽跑到屋外去了。白雾一下子就消散在空气中。这是我母亲能够描绘的景象。

拿破仑关掉剥离机,朝我丢过来一块刮板,我接住了。

"漂亮!接下来我们要抹一小层涂料,从今天下午开始,我们就要朝着油漆进攻了!用不着花太多时间,明白了吗,小家伙?"

"明白!"

"要埋头出击。要出其不意,只需要做到这点就够了!所有战斗都是在出其不意中获胜的!不然的话,敌人要是集结起来就更难对付了。"

他站在板凳上,把自己像蜘蛛一样纤细的胳膊伸得老长。胶水和潮湿墙纸的气味钻进我鼻孔里。

"陛下,我亲爱的陛下,"我说道,"您了解洛奇吗?"

他手中的刮板停下不动了。那么一小会儿的时间里,他紧闭着眼睛。

"洛奇?知道的不多……我们曾在更衣室里擦肩而过,也在同一个房间里训练过。他是个让人难以置信的家伙!他用一个装满了信件的袋子作为沙袋。他不识字,所以他的信连开都没开过。这就是为什么他说别人给他写越多的信,他就觉得越强大。他是唯一一个没有被打败过就结束职业生涯的拳击手。一次都没有。不可战胜的洛奇。"

"你就是可以打败他的人。"

"说点别的吧,小家伙!"

"洛奇他有孩子吗,嗯?"

拿破仑擦了擦他的刮板。他和掉在地上的墙纸一样瘦。他看着我,我突然意识到,约瑟芬娜的气味已经被消散的水雾带走了,只有我和拿破仑在一起。但我立刻为这种感觉而羞愧。

"孩子?"他小声说道,"我不知道。过来,锻炼脑袋的时间到了。"

他就像一个自信能灌篮的篮球运动员一样,从容潇洒地把刮板丢进了大盆里。

收音机发出一阵噼噼啪啪的响声,然后主持人的声音就清晰起来了。

我们喜欢这个节目里的一切。主持人总是像第一次主持这个节目一样,充满热情地让所有人跟着他大喊"千万富翁,有奖竞猜——"。每个问题之后都是一阵让人窒息的沉默,三个提示音意味着思考时间结束了,游戏玩家要决定停止还是继续游戏,疯狂的观众在吼叫着"继——续!继——续!继——续!"

"我选择停止游戏。"游戏玩家往往这么说。

"软蛋,滚吧!"拿破仑总是这么喊。

拿破仑在开出租车的时候养成了收听这个节目的习惯。不管车上是坐了乘客还是有紧急情况,他总是把车停在路肩或者紧急停车带。这个经久不衰的节目已经换了好几个主持人,但祖父经常搞混他们,更记不起来谁已经退休了,哪个已经去世了,或者是谁正在提问。他把所有人都当成同一个人——马钦。

那天,拿破仑开了一听沙丁鱼罐头。他用拇指和食指捏着尾巴拿出一条,丢给句号。它一下子就把那条沙丁鱼吞了进去,然后又把沙丁鱼的尾巴吐了出来,把鼻子顶在拿破仑的大腿上。祖父又拿了两条鱼出来,夹在面包片里,然后把其中一个递给了我。

"我该去当个厨师。"他一边咬着面包一边说。

"第一个问题:请注意,是一个难题,为什么没有'诺贝尔数学奖'?"

时间慢慢流逝。

"仔细思考,"主持人低声道,"这是个挺难的问题,答案出乎意料……"

拿破仑一边晃着脑袋,一边思考着。

"你知道吗?"他问我。

我耸耸肩,摇了摇头。

提示音响了,轻柔又冷酷。

"听好了!诺贝尔的妻子有一个数学家情人,诺贝尔为了报复就拒绝设立数学奖项。"

这个风流韵事把祖父逗乐了。

"你听见了没有,句号?这群傻瓜,全是笨蛋!"

他的好奇心突然被激发了,竖起耳朵,皱着眉头,把收音机拿得更近了。

"嘘。"

"我什么都没说,明明是你……"

"别说话。你听见了吗?"

我听见了。再过几天,节目组要来我们家附近。我像拿破仑一样细细品味这条新闻。主持人继续吹嘘我们这座城市如何无与伦比。

"啊!它的森林、它的城堡、它的皇帝,还有……它的体育馆。"

"这一天可算来了!"祖父说,"决定来看看我们花了他们不少时间啊!"

他关掉收音机,把胳膊支在膝盖上,双手托着下巴,看起来沉浸在遥远的沉思之中。

突然，他靠近我，用低沉的声音说道："你知道吗，我在想一件事情。"

"啊，什么事情？"

"我在想，马钦真的是一个幸运的人吗？马不停蹄地从一个城市到另一个城市，到哪儿都待不了多长时间，而这一切只不过是为了到处给人提问，你觉得这是生活吗？"

"他可能就喜欢这样，习惯给别人提问题。"

"要是我，这会让我受不了的，"他说道，"我想他也应该很烦了吧。来吧，掰个手腕活动活动，我们要重新开始了！"

我们牢牢握住手，把肌肉绷起来。我的脸都扭曲了，但还是无济于事。他是不可战胜的。

"简直易如反掌！"拿破仑说，"你赢不了我的。"

他站起来，停在冰箱前，看着上面用两条磁铁贴住的一张图片，那是从杂志上随便剪下来的。

"真漂亮呀，威尼斯，看看哪，这些水，还有水上的贡多拉小船，啊，这可真不错……"

几天后，我看见句号正顺从地躺在浴缸的泡沫里，拿破仑在给它洗澡。

"爷爷，你在给狗狗洗澡？"

"你很有观察的天赋啊！了不起！"

"你用洗洁精给它洗澡？"

"洗洁精太好用了，你闻到这个味道了吗？是海岸松！洗完了。"

句号从浴缸里跳出来，然后留下一串泡沫跑掉了。

"我们还要继续干活吗？"我问他。

拿破仑小心翼翼地擦干自己的双手："我们暂停一下，需要做好准备。"

"好的。"

我思考了几秒钟，然后又问他："但是我们要做好什么准备？"

"准备一个暴击，重重的一击，历史性的一击。"

他在餐厅的桌子下面敲了三次，就像在剧场一样。

"不可能失败的！我已经全部精确地算过了，小家伙。我们有整整一个周末可以练习，你和句号要当好我的助手。"

"爷爷，我想知道……"

"说吧，你想知道什么？不过你最好问得简洁明了。"

"你为什么想绑架马钦？"

这就是他的大行动：绑架主持人。要在主持人到达体育馆之前行动。

"为什么？你好好想一想，小家伙。因为要解放他呀。我说得没错啊，你别这样看我。把他从小小的主持人座椅里，还有从所有的问题里解放出来。总得有人让他离开这个牢笼！但愿他能有点生活。"

我惊呆了。他居然能这么漂亮地把这些事情说清楚。

"你也知道……他有可能不答应。"我说道。

"很显然他是不会答应的，如果答应的话还叫绑架吗？不过到头来他会感谢我们的。"

"你都这么说了……"

所有的路线、行程、需要的工具，还有策略，全都准备好了。

句号将是行动中的王牌。

祖父在客厅里成堆的盆和油漆桶中走来走去，就像走在舞台上。他兴奋不已，相信行动一定会成功。

"我们先截停他的汽车，等他从车上下来，就在这个时候，我们一下子就抓住他。过不了几秒钟，我们就带着他消失了。"

"我们把他藏在哪儿?"

"标致404的后备厢里。"

这么大一个后备厢,总算派上了用场。但这样的行动可不是靠临时发挥的,它需要好好演练。

"来吧,小家伙。从明天开始,我们要试着把自己放进去。"

他做了一个缝住自己嘴巴的动作。

"守住你的舌头。别搞砸了。"

没错,我确实守住了舌头,用的还是套索!它被牢牢绑住了,就像母亲周日买回来的烤肉一样,用绳子捆住了,生怕它们挣脱逃走似的。我待在祖父家里继续干活,到了晚上,当我爸妈问起我们的进展,我支支吾吾地说我们给墙面做了抛光和修补,用的是80克的玻璃纸,还说了墙纸上是什么图案。我伸出手给他们看,在回家之前,拿破仑在我手上抹了油漆。我对撒谎感到羞耻,但拿破仑把他的大行动看得如此重要,我不能背叛他。

实际上,拿破仑带我去了一条用来拖船的安静小路,就在城市入口的地方,运河的边上,那儿还有几条看起来像是废弃了的小船。在他看来,主持人的车子一定会走国道,它将横穿隐藏着标致404的那条路。

"他会从南边来,"拿破仑言之凿凿,"朝着北部体育馆的方向开过去。这个傻瓜是不会走其他路的。"

我简直对祖父着迷了。没时间可以浪费在讨论上了,只剩三天时间用来演练。

"我都考虑到了,不放过一根毫毛。"

他在一大袋狗粮里翻来翻去,咔咔作响,踩着脚,把狗粮倒在了路边,那是句号要装死的地方。

"来点番茄酱就行了,"拿破仑跟我解释道,"就在这里,马钦要从他的车里下来。"

"你确定?"

"当然确定。他说过他有一只狗狗,他很爱狗。"

这显然是一个很好的理由。拿破仑一下子就看出我有点犹豫。

"现在,如果你怀疑我的指挥和策略……"

"我完全清楚了!"

他若有所思,用食指轻轻地敲着自己的下巴。

"甚至在1979年1月17日,在瓦朗西纳的时候,他还提到了自己的狗狗。"

"你的记忆力简直无懈可击!"

接下来的三天里,我扮成从汽车里下来为了救句号的主持人,那会儿句号就直挺挺地躺在路边,舌头还垂在一边,它装死的模样堪称完美。

拿破仑从后面出现,把我抓住,用手捂住我的嘴。我装出反抗的样子。不到几秒钟,我发现自己已经在车子的后备厢里了。拿破仑掐了自己的秒表说:"一共用时17秒,他就被关进后备厢里了。完美。"

说罢,他拍了拍自己车子的铁皮。

"好家伙,标致404。"

在陪祖父准备大行动的这几天,我也发现了一些让人烦心的事情。我觉得他像是走在巨大空虚中的一根绳子上,但大家都在笑,都感到无比快乐。谋划绑架马钦成了世界上最好玩的游戏。

到了正午时分,拿破仑开了一听沙丁鱼罐头。他丢了一条给句号,它接住了,而剩下的沙丁鱼则被他一条一条地摆在小折刀上,然后放到面包片上。油把面包心都浸透了,流到我们腿上,但这一切让我们开怀大笑。

"爷爷,"我说道,"我们要把马钦装进后备厢里,对吧?"

"完全正确。"

"那然后呢,我们要做什么?"

他露出胸有成竹的笑容,一切都在计划之中。

"嘿嘿,我什么细节都考虑到了,我跟你说,小家伙,一切都安排好了。"

拿破仑用食指指向了运河边停泊着的其中一艘小船。

"那艘船,那边那艘。我们要把他藏在那里面。"

"但他会逃走的。"

"不可能,除非他喜欢冰冷的河水。我会松开船缆。"

他放声大笑,沙丁鱼被晃到了地上。

"嗯,你是说……"

"完全正确。我会开船让你很惊讶吗,嗯?是最近才会的,就这几周的事情,为了呼吸新鲜空气。这是要给软蛋一个教训!想把我关在家里,他还差得远呢。你为什么用这种眼神看我?"

"你知道怎么驾驶一艘船?"

他耸了耸肩。

"喷!根本不算什么!没比开车来得复杂。"

"那你要开着船和马钦去哪儿?"

"去威尼斯。这会让他从那个小收音机里重获新生。除了体育馆的台阶和多功能厅那些永远没有卫生纸的厕所,他终于能看看其他的东西了。清新的空气!伟大的生活!我只希望他别问太多问题。"

我笑了,想象着拿破仑的小船行使在大运河上,我还听见主持人正在朝他抛出绿色的、红色的、蓝色的问题。大行动,他说得对。这将是一个永生难忘的回忆。我就喜欢他相信自己比任何人都要强大的样子。

他看了眼手表。

"还有啊,我们聊到了马钦……"

拿破仑搜索着汽车收音机的电台。主持人的声音起初模糊不清,听起来很遥远,慢慢变得清晰了。问题一个接着一个,就像棉花糖一样柔软。或许这是真的,他在等待我们。

"要有耐心,这位小兄弟,"拿破仑说道,"过不了多久,你就要有自己的大行动了。我们能做到的!"

我们确实做到了。周三,精神饱满的拿破仑最后朝他的房子看了一眼。我睡得不好,眼睛困得睁不开。不耐烦夹杂着一丝焦虑,我心想自己是否真的管住了自己的舌头。但拿破仑无法动摇的自信把这一切一扫而空。

"最后一刻要来了,小家伙!"

在去拖船小道的路上,标致404里塞了一堆狗粮,还有很多番茄酱。坐在后排的句号看起来就像个美国电影明星。拿破仑拉起手刹,轻轻拍了拍车子仪表上的时钟,确认它还在运作。

"开得太完美了,"他十分高兴,"提前半个小时到达。"

我们一起绕着车子转了一圈,他踢了踢轮胎,确认它们的情况。我学他的动作。他摸着下巴在后备厢旁停了下来。

"我在想一件事情,小家伙。一个细节,但也不是太重要。你觉得马钦他有多高?"

"我不知道,只听广播不太容易知道这些。"

"要是他太高了岂不是很好笑,他得把脚伸出来吗?需要确认一下。"

他立刻打开了后备厢。

"我要把自己藏进去看看,小家伙。我们试试看。快来,动作快点。"

他一脚跨进了后备厢,斜躺下来之后刚刚好。

"把它关上,小家伙,看看待在里面感觉怎么样。"

"咔",一阵沉默。几秒钟过去了。

"爷爷,你在里面吗?"

"不然你觉得我在哪儿?去跳抽筋舞了?放我出来。"

我笑了,句号看着我,我说:"没办法,只有你有钥匙。"

几秒钟的沉默之后,祖父咒骂了一句:"他妈的!"

恢复理智之后他很恼火,在里面挣扎着,跺脚、用拳头砸后备厢门,但无济于事,他被卡住了。

"我们要让他跑了,"他大叫着,"我们要让他跑了!离成功就差一点点了!"

车身摇晃着,减震器发出嘎吱声。几分钟过去了,一刻钟过去了,半个小时过去了。

"千算万算,"他叹气道,"现在全都玩儿完了!我们的计划全完了!"

"要找人来帮忙,"我说,"爸爸肯定有备用钥匙。"

"不行!你听到了吗!不!行!"

"你得吃点东西。"

"我这里面到处是狗粮。"

无论如何,不能这样僵着。一开始,一些骑自行车的人还有路过的行人都用一种疑惑的眼神看着一个十岁的孩子在跟一辆标致404说话,没过多久,拿破仑开始咳嗽了,发出嘶哑的喘气声,他闷得快喘不过来气了。

我又饿又渴,我觉得害怕了。

"我想撒尿。"拿破仑说道。

一个钟头过去了,有人来了。两个警察把车停在路边,他们穿着制服的身影一出现在小道的尽头,句号立刻倒在地上装死。

我把这件事告诉了祖父,他放声大笑。

"你笑什么?"

"我就笑嘛。"

"笑什么?"

他打了两个嗝,终于说道:"他们老想把我关起来,这下好了,我真的被关起来了。"

两个警察觉得我祖父和我在玩可笑的游戏,我不得不把父亲的电话号码给了他们,不然他们就要叫其他的警察过来了。

父亲几分钟之后拿着备用钥匙赶到了,他和两个警察说着话,警察的态度缓和多了,其中一个最后说道:"我父亲也上年纪了。"

父亲扭开后备厢的锁,但仍然打不开门,拿破仑显然从里面把后备厢门关上了。

"你现在出来。"父亲命令道。

"我不出去。"拿破仑喊道,"你就没其他事情了吗?"

"当然有,我有成堆的工作,但是在你出来之前我是不会走的。"

"我跟你说了,你可以走了。"

"我信不过你!"父亲嚷道,"我把手里的事情撇在一边来救你,你就只跟我说我可以走了?"

祖父发出笑声:"救我?你在开玩笑吗?"

"当然是救你。真是不好意思,你这明显是被困住了。"

"没有你,我也可以应付得来。我们只是在玩,就是这样。"

"你们在玩什么,你们俩?哼,这难道不会太丢人了吗?"

"玩捉迷藏!"

"捉迷藏?在后备厢里?在河边?"

这会儿,句号看到这边的混乱情况,又一次躺回了路边。

"你的狗也在玩游戏吗?"父亲一拳砸在汽车的后备厢上,铁皮轻微地凹了下去。

"你都几岁了,老爸?"他愤怒地吼了一声。

"我不管几岁都尿得比你远!"拿破仑回了他一句。

隔天，他把威尼斯大运河的照片从冰箱上揭了下来。

"我们不会被打倒的，小家伙！我们才不在乎威尼斯呢，那里的水都臭了。"

他仔细盯着那张照片，忽然把它揉成团丢进了垃圾桶里。然后他用一把钳子撬开了一大桶油漆。

"你很快会发现，"他说，"马钦只不过是个声音而已。"

尽管这趟旅途突然结束了，但它还是带来了一些好的影响。拿破仑开始重新审视他的房子，就像刚刚结束了一趟漫长的旅程。一大堆工作等着我们，刷子上的毛等着我们，滚筒等待着转动起来。

一打开油漆桶，他就拿了根棍子把油漆搅均匀了。

"这一切都证明一件事，小家伙，"他说，"要怀疑一切，不能放松警惕。一个不小心被关起来，你就再也别想逃出去了。"

他用一把大刷子在我脸上刷了一下。

"你戳到我的眼睛了！"

我半眯着眼睛，看见拿破仑正为自己的恶作剧开怀大笑。我也跟着开心起来了,我决定让这短短的几秒钟永远留在我的记忆里。

"不用客气,"他说,"大方地多沾一点,这是银行付的钱!我们可以仔仔细细地涂上很多层。而且我们有的是时间,不用匆匆忙忙的。这样一来,我们至少五年都不用再碰它们了。"

"甚至十年。"

"对,十年。"

这次旅途只给他留下了一个淡淡的伤痕,一个他永远不会再提起的心灵创伤,但我了解他,他会在游戏中变得更加专注。收音机安静了好些天。在那天早晨快要过去的时候,拿破仑难以抑制地走进厨房,把手伸向了收音机,但他立刻把手收了回去,仿佛会被烫到一样。

"去他妈的混账东西!"

后来,当他又重新开始收听自己最喜欢的节目时,他的眼神里总带着一层迷雾,仿佛他正航行在威尼斯大运河上。

刷油漆的时候,拿破仑总是说个不停。他一如既往兴致勃勃地跟我第一千次说起自己是如何成为出租车司机的。

那是一场机缘巧合。

"有一天我从瓦格拉姆戏剧厅附近回来,那时候已经很晚了,至少是凌晨两点了。我在一个红灯前停车。我不想回家,你知道的……这时候,一位女士敲响了我的车窗,问我是不是有空。她年轻又可爱。我说有空。不是吗?我像空气一样自由。然后她就拉开后排的车门。她叫约瑟芬娜。"

拿破仑把这看作命运的指示。他第二次人生的角色是一位结了婚的出租车司机。

"当你想要改变人生的时候,没必要反反复复考虑个不停。我把拳击手套放进箱子里,然后就继续'往前走'了!我载过的人啊,小家伙,你是没办法想象的!有钱人、穷人,话痨、一句话也不说的,年轻的、老的,悲伤的、快乐的。有些讨人喜欢,有些让人反感。还有浑蛋,各种各样的浑蛋。"

他尤其喜欢的事情,是从乘客那里听来各种不能跟别人说的秘密,而且比别人更能了解他们的感受。

"我载过快要当爸爸的人,也载过要去医院的人,还有亡命天涯的人。有人笑,也有人哭。"

起初,有些乘客认出他了。他们在某个地方看过他的比赛,或者是在报纸上看过他的照片。他给他们签了名。人们老问他和洛奇的那场传奇失败。

他不怎么思念拳击时的那些人,但他把洛奇的消失看作一个启示——他也必须摘下手套了。那一天,在油漆的气味里,他补充道:"你有一天会明白的,小家伙。我感激洛奇给了我这一生最大的快乐。"

他说的快乐是什么?他讲这话时那种特别的语气已然禁止我提出更多的问题。

"我们太严肃了,"他说,"来点音乐,小家伙,欢快一点。在快乐和愉悦中劳动是很重要的,尤其是刚刚开始崭新人生的时候。"

我打开了收音机,克劳德·弗朗索瓦的歌声从一堆油漆桶中间喷涌而出。

> 我在你的生命里
> 我在你的怀抱里

拿破仑哼着歌词,跟着节奏刷墙。每隔十五秒,他就轻轻扭一下腰,顺便把刷子伸进巨大的桶里。他在酝酿着什么,然后,一切就在突然之间发生了!他在原地旋转,手里的刷子被他抛了出去,划出螺旋飞过整个房间;他叉开双腿牢牢站定,往后一仰,如同风车一般旋转起来,手臂伸向天空挥舞着,仿佛即将随风而行;他抬起一条腿在原地跳跃,轻盈地扭动着往前跃去了。这是一位如河马般温厚,胸前还长着毛的克劳德舞女。

"看这里,小家伙,你以前看过吗?"

他扭着肩膀抬起下巴往前走去,又像旋风一样退回了原位。

> 我心有渴望
> 如深海梭鱼

"梭鱼……"拿破仑张着大嘴和声而唱,望向了想象中的一道道阳光。

我静静欣赏这一切。他旋转着，肌肉绷得像一只巨大而消瘦的昆虫，脚后跟轻轻点地，双手在背后短暂交错，伸向了天空。

"跳得太棒了！你在哪里学的？"

"百老汇！"

他花了几秒钟穿上了自己的露脐牛仔外套，说道："等副歌，你绝对没看过！"

副歌来了，拿破仑站在梯子的台阶上，伸开双手摇摆，仿佛在塞壬永恒的歌声中道别。

"噢——"余音回旋。

"爷爷，你真的是天才，"我笑出声来，"你就是神圣的梭鱼！你是冠军，是皇帝，无人能及。"

那会儿，我总是迫不及待地要跟亚历山大讲述这些故事，因而我总有一种感觉，我面前这个人是永恒的，他始终陪伴在我左右，一直专断独行地在我的人生中行走。拿破仑是一个让人无法想象他不在会怎样的人。

突然，我呆住了。

"等一下，"我喊出声，"小心——"

太迟了。拿破仑全神贯注于越来越大胆的动作，一脚踩在了满是胶水和油漆的旧墙纸上，像在滑冰场一样往前飞了出去，整个人撞在了屋子中间的那堆家具上。

克劳德·弗朗索瓦丝毫不受影响地继续唱着。

今夜我发着高烧而你却死于寒冷

今夜我舞蹈，舞蹈，在你的床上舞蹈

祖父朝背后比画着，像是一只翻不过身的蟑螂。我大笑起来，但立刻发现笑声在整个房间里阴森森地回荡着。

"爷爷，你还好吗？"

"别这样叫我。"

就像拳击场上裁判倒数一样，我抑扬顿挫地喊："一……二……"

"别数了小家伙，要数也是我来数。"

"数什么？"

"我的骨头。我觉得有一半都坏了。我看起来还完整吗？"

"我觉得是完整的。"

"梭鱼……"克劳德还在高歌。

"你就不想把克劳德的大嘴巴给我关上吗？他正在用他的梭鱼嘲笑我们。"

周围安静下来了。祖父看起来真的很痛，他咬着牙发出呻吟的声音。

"小家伙，扶我一把。别让你的皇帝摔倒了。时局对他不利啊，敌人出乎意料。你看见了吧，一个不小心就……"

"我们会报仇的。"

"你说得对，不能陷入悲观，我们可不是软蛋。"

我试着让他站起来，但他太重了，我担心把他摔成碎片。在地上的时候他看起来变小了，只比一个婴儿大不了多少。

"拉住那个油漆桶，我要把脚拔出来。"

我这才发现他刚刚找平衡的时候把脚踩进了油漆桶里，现在卡得死死的。我抓住油漆桶，用尽全力想把它拔下来，但无济于事，完全卡住了。

"好吧，小家伙，这种情况下我们应该怎么做？"

"陛下，通常来说，我们要信任盟国。"

从他的表情和紧皱的眉头看来，我知道他正在努力搜寻所有可以来帮他的人。但院子里空荡荡的，他所有的家人都不在。最后他有点尴尬地说："他？你觉得呢？软蛋？"

"我觉得没有其他办法了。"

"你要看着我向他求救？我跟他求救？"

屋里惨兮兮的，墙壁上的油漆涂到一半，地上丢满了废纸和石膏碎片，这就像个废弃的房子。约瑟芬娜好像已经离开了好几个世纪，日子停滞了，阴影就如幽灵一般，在屋子周围游荡。

"我们该怎么做呢，陛下？要叫爸爸过来吗？有些时候，我们要信任最亲近的人。"

"先给我一杯水比较实际，然后我就能理清楚一些。"

他一口气喝完了水，但情况并没有什么好转。

"这个浑蛋克劳德！都是他的错。梭鱼个屁！"

他脸色苍白，额头上布满了汗珠。

"你能忍住吗？"我问他。

"当然不能。我觉得我的脊椎都碎成一块一块了，小家伙，如果你在哪里看到一块脊椎骨记得捡起来，那肯定是我的！"

我假装在我周围找了找，然后在一张小板凳上坐了下来。

"为什么你不想叫他来？"

"软蛋吗？又是他？"

"这样会让你很为难吗？我们中了埋伏，需要支援。"

"不用了，再过一刻钟我就能站起来了。今晚我们去打保龄球！"

"我有个主意，我们来丢硬币吧。"

"好啊，"他说，"如果是反面我们就不叫他，如果是正面……我们也不叫他！"

他发出大笑，但很快变成了喃喃自语："为了把我送到那种装备齐全的房子里……我知道他在打听消息了……你知道他是什么样的人，肯花时间专门去找。要是我不留神，总有一天，啪！我就被逮住了。连说句话的时间都没有，就会被送到那种专门收留老人，闻起来有内裤味道的地方去。想都别想让我和一群老人待在一起。我要待在这里一个人应付所有事情。一个人，还有我忠诚的副手，直到……直到……"

"直到什么？"

"直到没人再来烦我。你去哪儿？"

"去上厕所。你别动。"

"那不成，我正打算去夜总会呢。"

我的思绪飘到了另一个时代。我听见拿破仑短促的呼吸声，听见人群的欢呼、拳头打在身上的声音，听见他坠入虚空之中、鞋摩擦着地板的声音。我在他眼里看见了洛奇。从很小的时候我就知道他。我觉得他在跟我说话。我不相信比赛中有人作弊，我相信是拿破仑顶不住了。但拿破仑不能输，拿破仑要战斗到最后一刻，拿破仑是不会放弃的。拿破仑是我的皇帝，我绝不会抛弃他。如果他对我说谎了，他一定有自己的理由，我爱他，也爱他的谎言。我想要洛奇跟我解释。

"啊，你回来了！"拿破仑喊了一声，"我还以为你掉进洞里了，像你这样的小虾掉进去一点也不奇怪。"

我在他身旁蹲下来。

"陛下，我的陛下，我们已经无法行动了！需要请求援助。"

他丢给我一个阴沉的眼神，一下子掐住了我的喉咙。

"我害怕，爷爷，"我小声说道，"我很担心你。"

他慈爱地笑了，我泪如雨下，他低声道："你说得对，一个好的士兵就应该敢于承认恐惧。给他打电话吧，不过记得要尽可能捍卫皇帝的尊严。我们暂时撤退了，但不是求助，也没有失去信念，只是提议联盟。"

"没错，一个有谋略的联盟。"

"是的，这还不错，一个有谋略的联盟。我们要麻痹对手，让他们摸不着头脑,我们会以更强大的力量卷土重来!你知道乔·路易斯①吗?"

"不知道。"

"一个美国人。这就是他的拿手把戏,他假装退让往往就是要迷惑对手。"

"啊,我们也要做相同的事情?"

"没错!我们要迷惑软蛋!"

父亲立刻就接起了电话,有点让人意外。

"我马上来。"他叹了口气。

就像他已经穿好衣服拿好钥匙在等待这通电话一样。在他赶过来的半小时里,我试图弄明白这些年父亲和拿破仑是如何变得如此疏远的。我以为我的皇帝会拒绝回答这个问题,但他似乎心情不错:"我希望让他成为一个好人,我也欣赏他用严肃的态度去对待事物,但你只要看看他在拳击场上的样子,绝对会笑掉大牙……他就这样待着,双手紧贴着腿,看着他周围的人……所有人都在笑。我简直无地自容!"

"你希望他像你一样?"

他迟疑了几秒钟才回答。

"不是的,"他说,"我没有想要他和我一样,但好歹别这样

---

① 乔·路易斯(Joe Louis,1914—1981),美国职业重量级拳击手,被认为是历史上最伟大的重量级拳击手之一,曾维持拳王头衔超过11年。

奇怪。他只喜欢奇怪的东西,算术、化学、文学,还有邮票!到处都是他读过的书。老天爷,我都不知道他有这么多书。每次我要去赛马场赌一把的时候,都得把他放在图书馆,你看看,他一点活力都没有,无动于衷,只有当他有什么任务要做的时候,才像发狂一样拼命投入进去……我把他带去拳击比赛,他第二轮就睡着了,等他醒的时候开始哭着说自己的几何课迟到了。说起来他可能有个清单,上面列满了所有能让我开心和自豪的事情,他只要反着做就可以了。小家伙,说实话这都是我的错。"

"你的错?"

"没错,他变坏了。我应该好好注意他跟什么人接触的,应该更独裁一点。幸运的是,你比他强得多,就像跳过了一代一样,这可不容易。"

他疼得发出了呻吟声,然后他挑了挑眉毛问我:"你算术拿了几分?"

"算术吗?三分①,爷爷。"

他竖起大拇指。

"最后一次听写呢?"

"没有算写错音符的话,三十七个错误。"

"不是吧,你在吹牛!"

"才没有,爷爷,我很确定!"

---

① 法国考试满分为二十分,十分及格。

"你有按时写作业吗?"

"是的,爷爷,养成了非常好的规律:我从来没写过。"

"被惩罚了吗?"

"从年初到现在有半打了吧。"

"不错,但你可以做得更好。你让他们在你的学生手册上签名了吗?"

"从来没有,爷爷。"

"你用了什么招数?"

"用透明仿写纸仿了妈妈的签名。"

我撒的谎让他很开心。他相信了吗?一点也不重要!

"你要疼死了!"我喊了出来。

"没开玩笑?"他咕哝了一声。

他沉下脸。

"我的皇帝,"我说道,"请继续跟我讲……"

"这个故事……"

"来吧……"

"但这至少说过五十遍了……好吧,那……但这是最后一次了。"

当我还不知道在哪里的时候,我父亲时常在一众专业人士面前露面,这些各式各样的讲座和研讨会,满脑子都是数字、百分比、弧线和投资的问题……

"小家伙,这种事情一点都不好玩!"

他生日的时候,祖父送给他一条漂亮的黑色领带,我父亲从这个举动看见了和解的可能性。

"谢谢你,爸爸,"他十分感动地说道,"我从明天开始要戴着它去参加研讨会。"

"很好,我会来听你发言。"

"真的吗,爸爸?"

他可能为拿破仑终于能重视他所做的工作而感到高兴。但重点是,那是一条会在黑暗中浮现闪烁裸女图案的恶作剧领带,那个裸女的图案如美人鱼般充满诱惑。父亲在一群来听演讲的银行家和杰出人物中间成功地变成了笑料。起初整个会议室里一阵窃窃私语,随后变成哄堂大笑,他在所有人面前成了戴裸女领带的银行家。

父亲回来的时候像一头想要砸碎一切的暴躁公牛。

"你羞辱了我!我们完了。"

"羞辱,你说得太过了,"拿破仑说,"这可是给你一次让别人开怀大笑的机会!"

这个故事在我心里产生了一丝忧伤的不安,然而我还是忍不住一次又一次地问起它。我能想象父亲在觉得拿破仑终于对他所做的事情感兴趣时的喜悦、在众人面前的羞耻感,还有他最终的失望。我的心为他而感到痛苦。

那天,或许是因为我意识到这将是我们生命中重要的一步,我向我的皇帝问道:"你为什么要对他做这样的恶作剧?"

"我有自己的理由。"他冷淡地回答了我,"不过这件事情之后,我放弃了。我知道已经无法挽回了,我把一切都搞砸了。"

"为什么这么说？"

我觉得他就要号啕大哭了。这时外面传来发动机的声音，门被推开了。

"看，他来了，"拿破仑小声说，"他应该迫不及待地想看我趴在地上了。"

"然后呢，发生了什么？"亚历山大在顶楼兴奋地问我，"你快说，继续说！"

"我们陪他去了医院，可是他不想待在那儿，你真的该听听他们在走廊里是怎么吵的！他号叫着说自己只不过是需要两片阿司匹林而已。"

"所以实际上很严重吗？"

"脊椎骨骨折了。但他什么都不想知道，他说只不过是腰疼，还说我父亲背后搞鬼贿赂了医生，要把他关起来。"

"你说的作业、成绩还有惩罚什么的，都不是真的，对吧？"

"都不是真的，而且正好相反。我很爱写完作业之后在作业本上得到的钩。但是，当我和拿破仑待在一起的时候，你也知道，我就好像变成了另外一个人，变成了一个跟他很像的人。我渴望自由，想要去冒险。我觉得我如果和他很像的话，会让他感到开心，让他觉得有希望。"

"那句号呢？"

"句号在我家，我们不能把它独自丢在那里。我妈妈在画它，她说句号是一个非常有耐心的模特。"

　　他站住了,把手伸进外套的口袋里。他总是穿相同的衣服和鞋子:相同的丝绒外套,相同的膝盖处破旧的裤子,相同的脚底磨损严重的篮球鞋。我猜他家里应该没什么钱。

　　"你讲得很好,"他对我说,"拿一颗弹珠吧。"

　　他的目光突然投向了地面,在他的旧球鞋边上有一只小昆虫,他用手指头抓住了它。

　　"可怜的虫子,"亚历山大说,"它在挣扎,孤军奋战。随便什么人都能在任何时候把它碾碎。"

祖母的信

孙儿:

　　宝贝,我离开已经有段时间了,我决定给你写点我的近况,打电话总是会忘掉一堆东西,不太方便,每次挂断电话之后才想起来我应该说这个说那个。写信要花些时间,得注意遣词造句,要挑邮票和信封,还得去邮局,这几乎是一整套运动,但你也会看到我在标点上有点问题,我的句号都不在句号的位置上,不过你还是能看懂,还有写错的地方你就当作没有看到吧。

　　不过得说我有的是时间,我不知道要做什么,如果能把所有的时间卖掉我就是百万富翁了，最初几天我都没有意识到有这么多时间要过，相反，没有一分钟属于我，我到处乱跑，安顿下来，收拾所有的东西，在院子里种点东西，还要拔掉点东西，我也没有时间去想什么，没有想你那个犟爷爷，也没有想你们，没有想任何人，甚至没有想你。

　　过完了前几天我就再没有事情可以做了，我开始觉得非常沮丧，起床的时候有这种感觉，睡觉的时候也是，回忆涌上来我就不停地哭，当你独处的时候，回忆就是敌人，当两个人在一起的时候，回忆又变成了好朋友，我一边哭一边想他应该也会哭吧，不过我得振作起来。

　　你也知道你祖父是什么样的人，他这种人让人忘不了的，什么事情在他手里都不会搞砸，当你在暴风骤雨中度过一生之后，一切戛然而止了，真是太奇怪了，你看到破损的地方，开始打算修补，才发现到处都是裂痕。

　　尽管他是那种让人恼火的人，而且还是个自私的老头，但他就是那种会让人不由自主爱上的人，然后又觉得难以置信，我很了解他脑袋里那些疯狂的想法，终有一天你也会知道的。

　　我出门去试着寻找以前的朋友们，她们中的大部分都不知道去了哪里，不过我在墓园里找到了三位，没法和她们聊天了，不过最后我还是在这一带找到了两个旧时朋友，两个最固执的人，上学的时候我就受不了她们，不过我开始去她们家里喝茶了，其中有一个不停地放屁，我跟你发誓，每两分钟一次，我最后忍不住笑了，她一边放屁还一边说当地所有人的坏话，男的、女的，老的、少的，甚至是动物的。而另外一个呢，每隔十秒就一边发出马叫一样的声音，一边说"我想吃炖肉"。她只想着吃，什么炖肉、什么放屁，我嘲笑了她们，然后我决定再也不去找她们了。

说到动物，为了让自己忙一点，我去了赛马场，每天早上我都会在一家咖啡馆里填自己的下注单，真是没想到有一天我会做这种事情，我对马一无所知，都是随便乱填的，到目前为止也一无所获。昨天我想买本手册，给赛马新手看的那种教学手册，我在陈列架上挖出来一本，一回到家里我就开始研究起来，但那根本就不是赛马比赛杂志，跟赛马毫无关联。这一定是某个人放错地方了，里面有各种各样的小启事，就是那种征友启事，不是找狗的，他们找的是人，一开始我想把它还回去，我要找的是马，不是什么绅士，但很不幸的是我读了第一则启事，然后是第二则，一直读到半夜。不管是老人、年轻人、小个子的、高个子的，还有有钱人和穷人，里面都能找到，他们都说要找个人接纳自己：我是这样的，我是那样的，我喜欢什么，我不喜欢什么，你简直没办法想象，一旦把脑袋探进去就再也出不来了，就像被催眠了一样。这是我每周二都做的事情。啊,明天又是星期二了。

吻你

爱你的祖母

又及:如果拿破仑这头犟牛问你有没有什么我的消息,一定要告诉他没有,我知道总有一天他会打电话给我的,但我希望这件事不要等上一个世纪,不然到时候我们就没什么话好讲了。

再及:我发现添一个再及显得很优雅。

再再及:如果你认识发明标点符号的那个人,请帮我把他的舌头扯出来。

拿破仑的病房在医院的最高层。透过紧闭的窗户望出去，可以看见一幅全景图。火车铁道沿着塞纳河岸蜿蜒至绿树掩映的小山丘之中。再远一些，薄雾中的地平线上是机场的跑道，排着队的飞机接连不断地闪耀着飞向天空。

我父亲额外付了钱，让拿破仑能住单人病房。拿破仑一进来就把电视机打开了。父亲从一开始就一直建议他打电话给约瑟芬娜。

"如果你能料到接下来要发生什么，我建议你还是快点跑。虽然你明显没什么本事，但在羞辱我这件事情上你绝对能拿冠军！从你开始觉得我不中用，这些点子就都跑出来了。无耻的家伙。"

他入院的隔天，我去医院看他，但他连招呼都没跟我打就说："在如何让我闭嘴这个问题上，你爸总是第一名。要是在战争年代，我敢保证他一定会把我举报给盖世太保。"

"你参加战争了吗？"

"没有，战争爆发的时候我人在美国，然后我就留在那里了。不好玩，我对他们那些小打小闹不在乎。我喜欢挥拳头，但必须是绅士之间的战斗。"

"你就是在那里认识洛奇的吗?"

"是啊,战争刚刚开始的时候,我们在同一个地方训练。"

他太瘦了,几乎和床单融为一体。但他还是那么帅气,灰白的头发依旧厚实。他把头转向了窗户那一侧。

"你看,小家伙,当人们有点阅历,比如我,等到老了却什么也不会说,嗯,当人达到某种……人们说的,足够成熟的时候,很多事情就会变得很奇怪。"

他的胳膊朝着窗户伸过去,给人感觉是它自己抬起来的,像是被藏在天花板上的齿轮拉了起来。

"火车永不停歇……小船每隔五分钟就经过一次,飞机一架接着一架,还有这些来来往往的汽车……该死的,我在想人们为什么这样跑来跑去,他们是有什么紧迫的事情要做吗?你知道吗,小家伙?"

"不知道。"

他看到的一切让他变得忧郁。当他还是出租车司机的时候就很喜欢观察行人,然后想象他们的人生和他们跑来跑去的理由。每年我生日的时候,他都会用他亮着出租车灯的车子带我出门。

"你有空吗?"别人总是这么问他。

"当然。您呢?"他回答道。

这个反问让乘客沉浸在震惊之中,需要很长时间才能消化。在路程中,我们借着世界语的保护,交换着对上车乘客的猜测。

"他是从哪里出来的？""从情妇那里吗？""那他是干什么的？""入殓师？""雨伞销售员？""你怎么知道？"

计程器坏掉了，停在0000的位置，拿破仑随意地说出车费，但从来没有乘客发现。我负责收钱。

"给你过生日！"

他对这个如今已经坏掉的计程器产生了某种怨恨之情。许多年的时间里，它总是慢慢往上爬，发出嘀嗒嘀嗒的声音，简直快把他弄疯了。他觉得这个愚蠢的机器在计算着时间。

"有一天，我给它来了一脚，反正它又不会抗议。不要被计程器束缚了，把它们通通打烂。否则它们会吞噬你的人生。"

他唯一感到遗憾的是那时候还没有句号坐在乘客的座位上陪着他。在医院里，他很想念句号。

"是这样的，"我父亲对他说道，"不是要惹你生气，但是狗狗是禁止来医院探望的。"

"La senkojonulojn oni pli ĝuste malpermesu!（软蛋才是最应该被禁止的！）"

"他说什么？"父亲问我。

"没什么，"我答道，"只是说那没关系。"

为了让拿破仑不那么忧伤，从隔天开始，我开始给他带来母亲画的句号。它坐着，侧着脸，眼睛里带着狡黠，让人觉得它就要笑了。我们几乎相信它就要吠起来了，胡须也要跟着晃动起来了。

"幸亏有你在，小家伙。你看见了吧，好歹句号还会摇尾巴。

你想知道我要对你说什么吗？你爸爸配不上她。"

"谁？"

"你妈妈。如果我有个女儿，我希望她是像你妈妈这样的。她话不多，这对一个女人来说是非常难能可贵的，让人十分欣赏。她还会画画……当你像她这样画画的时候，就不需要什么言语了。人们总是聊得太多了。这些她都懂。"

又过了几天，很快就没有其他的画作了，他想看看句号。

"远远看一眼也好，算我求你。我只有你了，真的只有你了。你是我唯一的同盟。"

于是我开始带着句号出门，在公园里散步。亚历山大经常陪着我们。有一天，他开玩笑地把自己的那顶帽子戴在了句号头上，我敢说那是我第一次听到他放声大笑，笑声明朗而纯粹，直冲云霄。

在病床上的拿破仑可以从窗边看见他的伙伴。句号很快就厌倦了公园里了无生机的景色，还在那里拉了一泡。它抬起头，像在寻找属于自己主人的窗户。随后它看见远处正在降落的飞机，而且一旦有汽车驶过来，它就立刻侧躺在地上。

两周后，拿破仑坐上了轮椅。他住院之后的忧郁情绪再一次被他性格深处的反抗精神替代了。他在病房里来回转圈，像一头被关在笼子里的狮子。他抱怨一切，从食物到电视节目，什么都没有放过："小家伙，这里闻起来就像一条内裤！那个实习医生太烂了，跟没有执照一样,从来没有见过这样的,这简直就是拿我做实验!他笑起来就跟放屁一样,真的应该去重新考试。还有电视节目!简直是把我钉在一个专门的频道上,要让我无聊死。没有西部片,没有拳击比赛,没有保龄球,没有汽车节目,也没有裸女!它只知道聊经济、危机,还有股票!软蛋电视!"

他一直觉得是医院和我父亲联合起来要束缚他。

"他们每个人都想快点要我的命,小家伙,"他叹了口气,"他们已经开始了。你知道吗?他们控制我的饮食!"

"一群坏蛋。"我说道。

"多给我一点红肠,你明白了吗?为了治好我的腰痛。"

"是脊椎断裂了,爷爷,是脊椎。"

"都一样,他们就是想让我腰痛,我跟你说啊……照顾我?照顾个屁!他们把我关起来了!你爸正在争分夺秒地找养老院。我知道你爸有一摞的广告单,按价格分好了。如果他们真的想照顾我,就不要禁止我吃红肠。"

他喜欢用橙子鸡尾酒烹饪的小红肠。

他给了我一个狡黠的眼神。

"没准你能帮我做点事情?一个人道主义的举动,嗯,搞一打红肠来。"

"我答应你。但得等一等,这太难了,你要忍耐一下。"

"你认为洛奇会忍耐吗?他会被普普通通的腰痛打败然后离开拳击场吗?不可能的,他会战斗到最后一刻。就像这样,啪,啪，啪。"

这段时间我发现他比以前表现出来的要更了解洛奇。在战争期间，当拿破仑被封锁在大西洋另一边的时候，他们甚至住在同一个房间里。他们睡上下铺，想到他们一个人睡在另一个人上面就很好笑。

洛奇的父母在他出生前十年，从意大利来到了美国。他们都出生在贫困之中，也成长于贫困之中，最终在贫困中死去。唯一的喜悦是他们儿子的诞生，他们唯一的胜利是让洛奇在一岁时从肺炎中活了下来。

拿破仑觉得洛奇之所以有取之不竭的战斗力，是因为他父母困顿的生活和这场差点让他丧命的疾病一直留在他的记忆里，仿佛他的生命就是一场永无止境的复仇。

"是贫困和这场疾病造就了洛奇。他真正的名字是罗伯托。"

有一天他提到自己和洛奇之间的关系，低声说道："一个拳击手可以给另一个拳击手的，洛奇都给我了。"

我不敢问他说的是什么，但我想到同样的东西：一切祖父可以给孙子的东西，拿破仑都给我了。拿破仑就像知道我在想什么一样，说道："谢谢你，小家伙，没有你，我不知道自己会做出什么事情来！也不知道这个帝国会变成什么样。把收音机拿过来，我们来锻炼锻炼脑力，而且动脑不会痛。"

主持人的声音清晰地传了出来，十分明朗，使人感到平静。再过一千年，这样鼓舞人心的声音可能还在提出相同的问题。我观察着拿破仑的反应，他的笑容有点暧昧不清。

"蓝色的问题：维克多·雨果活到了几岁？"

我们听见选手们在小声嘀咕，拿不定主意。

主持人在一旁说："他很长寿，我们亲爱的维克多·雨果……"

"七十五岁！"其中一位选手试着答道。

拿破仑咆哮了一句："这个笨蛋，这也叫长寿？"

"不对，是八十三岁……维克多·雨果是一位非常高龄的先生……"

观众们在鼓掌。

"把它给我关掉！"拿破仑吼道，"非常高龄……什么东西！浑小子！是他自己太虚弱了吧。有时候真想给这个马钦几个耳光！多旅游对他有好处，他都开始发霉了。"

门开了，一名护士推着检查用的小推车走了进来。上面放着绷带、纱布，还有体温计。

她宣布："检查时间到了！"

"说什么检查，"拿破仑咕哝着，"她还想给我安一个支架呢。"他把轮椅转向厕所的方向。

"您去哪儿？"护士问道。

"撒尿，这也不行吗？"

从厕所回来后，他高声宣布："给你提个醒，我的副手还在这个房间里，如果你打算偷偷毒死我，是不会成功的。"

护士耸了耸肩，面带微笑地递给他几粒颜色各异的药丸和一杯水，然后趁着他不注意，她把一支体温计放进了拿破仑嘴里。

"通常来说，"她对我说，"这不是放在嘴里的，但这样至少他能安静几分钟。你爷爷是个烦躁症患者，跟他的名字真的是太搭了。"

拿破仑激动地转了转眼珠。确凿无疑，这是愤怒的信号。

终于，这个年轻女孩把体温计拿了出来，看着测量出来的体温："41℃！奇怪了，他看起来一切正常啊！"

"小姐，我很满意听到您这么说。"

然后他转头对我说道："Belas la flegistino, ĉu ne?（这个护士还不错，对不对？）"

"他说什么？"年轻的女孩问道。

"没什么，他说你人太好了。"

就在她整理病床的时候，拿破仑示意我靠近他。

"小家伙，我眼睛不太好，你能告诉我那上面写了什么吗？那边，就在护士的工作服上。"

"工作服上？"

"没错，右边的胸口上。"

"爷爷，上面写的是'老年医学'。"

他的目光忽然僵住了，眼睛仿佛被弹珠替换了，脸色变得发白，嘴角生硬。

"浑蛋玩意儿，你确定？"

我点了点头。

"爷爷，你怎么了？"

"别这样叫我,现在不是时候。"

暴风雨来临前的征兆。他如刀一般锐利的眼睛仿佛被护士的工作服钩住了。

"小姐!"他喊道。

"是,先生?"年轻的女孩吓了一跳。

"那里写的是什么?"

他的手指头指向了护士的工作服,护士后退了一步。

"这里?"

"没错,就是那里。您是聋了吗,需要再说一遍吗?"

我心想拿破仑是不是有失分寸。哑口无言的年轻女孩迟迟没有接话。

"我等着您回答呢,"拿破仑又说,"我等着,但提醒您一下,我的耐心是有限度的。"

"这里?您应该看得很清楚啊,这里写的是'老年医学'。"

祖父把手抱在胸前,脸上的表情让人捉摸不透。

"我识字,谢谢。"

"这是我的工作!我在老年医学科工作,这里当然写着老年医学。"

她像在辩解。

"好啊,那么,小姐您能帮我去找一本字典吗?"

"字典?啊,我明白了,字谜游戏节目要用到是吧,是决赛的录像吗?"

"不是,小姐,是要看'我不再嘲笑别人,否则后果很可怕'的直播节目。"

她没有太明白自己究竟做错了什么就离开了。

"你明白了吧,"拿破仑说,"这不是要针对她,但有些事情总得处理,只要动作迅速直接,后面情况就会好多了。"

十分钟之后,护士把一本字典递给拿破仑。

"我从你隔壁借来的,他一直用它来玩填字游戏。"

拿破仑悄悄地瞥了我一眼。

"Alkroĉu vin, Bubo, forte skuiĝos.(再坚持一下,小家伙,接下来会很刺激。)"

然后他转动轮椅向前靠近了护士。

"别跟我谈您的生活,小姐,我也不想听隔壁病房的故事,我一点也不在乎,您自己在字典里找找'老年医学'这个词。"

"老年医学……老年医学……找到了!"

"读出来。要是你不知道怎么读就算了。"

"好……'专注于老人健康关怀照顾的医学分支'。"

她抬起头,天真地笑着。

"您知道吗,这个字来源于希腊语。呀,是不是有点意外?从字典里知道这些真是够傻的。您满意了吗?"

拿破仑的指甲陷进了轮椅的扶手里,太阳穴青筋暴起。

"您真的想知道什么才会让我满意吗?滚他的蛋,想让我满意,最好搞清楚我最受不了的就是这个老年科!"

面对这个快要八十六岁的"海盗",护士似乎真的不知道该怎么办。他似乎要一吐为快,还在不断地大喊大叫:"没错,这位小姐,我想知道我和那些傻头傻脑的老人有什么关系!我又没让您去水里捞月亮,只不过想让你知道自己的错误而已!就这样而已!"

护士大步离开了病房。窗外,落日给景色蒙上燃烧的色彩。我的皇帝似乎把我遗忘了,他坐在轮椅里,在虚空之中挥舞着拳头。或许他是在和太阳较量,而太阳即将死在帝国的广大平原之上。

两周之后,科室的主任让父亲去一趟。医生忧心忡忡,说话也不拐弯抹角。他直言不讳地说:"先生,我想跟你说的是,我们没办法继续看护他了。所有的工作人员都已经快崩溃了,再过不了多久,我们都要被关进精神病院了!"

然后他开始控诉拿破仑,我记下了所有的细节。

拿破仑在走廊上玩保龄球,他把氧气瓶当球瓶,还去拜访其他的病人,邀请他们一起玩摔跤;护士走进病房里,他会开下流的玩笑,最近一段时间还会跟在护士身后摸她们的屁股。

"最糟糕的是,您知道吗,最糟糕的是他把所有长得像计数器的东西都搞坏了。他一边大喊着'浑蛋!'一边把它们都调到零的位置。然后昨天晚上还搞跳闸了,劳驾您去问问到底是发生了什么!"

实际上,在拿破仑身边,这样的追逐游戏、笑声和愤怒的尖叫声都让人司空见惯了。

"昨天他还闯进手术室,大喊:'是不是有人背着我在这里找乐子?'"

"这太荒谬了，对吧？"当爸爸看见我没忍住笑，便问我道。

"无论如何，必须说这……让人很震惊。"母亲一边说一边偷偷地咯咯发笑。

她的眼睛在笑。她把手放在我的膝盖上。

"我……"父亲声明道，"我觉得这并不是什么有趣的事情。"

"说到护士这件事情，"医生继续说道，"我觉得一点也不好笑，当然了，她们确实很有魅力，我自己呢，也有几次，必须承认我自己……啊，我在胡说什么啊，不好意思，我可能有点累了。但他玩保龄球的事情，简直要把我们的饭碗搞丢了！您确定没有搞错他的出生日期吗？简直差了有一二十年吧。"

"当然没有。"

"他居然还那么强壮，简直异乎寻常的强壮。按理说从八十岁开始，尤其是发生这样的小事故之后，不得不待在轮椅里了，大家都会顺其自然地开始回忆往事，通常要把一切事情弄得井井有条，但他不是，你们可能不知道他最近有个计划吧？"

"不……不知道。"父亲结结巴巴地答道。

"听好了，他说要去买一辆摩托车。"

父亲的嘴慢慢地张大了。

"一辆摩托车？"

"没错。他说要尝试两轮出行……还在犹豫要在650立方和800立方之间选哪一种，他还说低于500立方，那是给……"

"给软蛋的？"父亲试着接话。

"他说的就是这个。"

总而言之，就是拿破仑已经惹人生厌了，得找到一个解决的办法。在商业中心的一家中国餐厅里，我的父母讨论着皇帝和他的帝国的未来。

"没有太多解决的方法，"父亲一边说，一边用筷子夹起一个饺子，"我倒是有个想法，但很难操作。"

"你想说的是养老……"

"是的……"

母亲做了个鬼脸，咧了咧嘴唇。

"我可没法想象。你得跟他说，'老爸，我有话要跟你说，你要搬去养老……'"

"说得也是，算了，别再考虑这个事情了。"

父亲的手指绷得紧紧的，随后饺子从筷子中滑落，落进水族箱里，打着旋儿下坠。一个服务员向父亲示意，禁止喂食里面的动物。

"太遗憾了，而且，"父亲又开口道，"因为他在那儿一定会过得很好……看看布朗旭先生，还有托尔比永太太。他们在那里都过得很舒适，受到无微不至的照顾，非常舒服。而且它就在学校的对面，既别致又安静。"

母亲微笑着重复他的话。"别致""安静"……这两个词对祖父来说，显然有些局促。

我的皇帝是对的，他老早就预料到了对手的手段。

"果然是这样，"我说，"你们想要流放他！"

父亲吓了一跳,把一只筷子插进了自己的右鼻孔。血一下子就流了出来,他拿过餐巾按在自己的鼻子上。

"流放他,说的什么话!我们才没有打算流放他,我们只是希望他能待在一个专门的机构里,有人好好照顾他,他还能在那里跟别人一起消遣。这玩意儿还得花掉我一大笔钱!"

为了泄愤,他把饺子猛地丢进嘴里,狂乱地一阵咀嚼,发出了恶心的吧唧声。但他突然僵住了,餐巾上沾满了血,他盯着我,有那么几秒钟一动不动。随后忽然变得温和了,问我道:"雷鸥纳,你知道你说的'流放'是什么意思吗?"

他的眼睛像钓鱼钩一样直勾勾地看着我,我不敢移开自己的目光。

"嗯……实际上……"

父亲叹了口气,把餐巾卷起来,和母亲交换了一个不安的眼神。

"亲爱的,流放一个人,"母亲说,"是要强迫这个人离开自己的房子,甚至是离开自己的城市,然后把他囚禁起来。"

"你看吧,"父亲说道,"你什么都不懂!"

"这个人会怎么样呢?"我问道。

"这个人再没有任何权利了。他所有的事情都由别人决定,会被送到很远的地方去,远离所有他爱的人,再也没办法和他们见面。"

那么一瞬间,我的脑海里闪过亚历山大的面孔。

"为什么人们要这么做?"我接着问,"为什么?"

为什么?她和我说起了战争,还有以前那种噩梦般的火车,它们在欧洲的大地上驰骋前行，载满了一去不回的人们。

她说的那些话很快就消失得无影无踪了，我能想起的很少，唯独那句"他会被送到很远的地方去，远离所有他爱的人"，深深地印在我的脑海里，仿佛刻在石头上。

服务员朝我们走过来，拿了一个小工具从餐桌上划过，把桌布上的细碎东西都清理干净了。

"非常方便，你看见了没有，亲爱的？"父亲小声地说着，忽然变得愉快起来了。

服务员一离开我们的餐桌，母亲就立刻靠在父亲身上。

"更简单的方法是让他在我们家里住几个礼拜。"她小心翼翼地提议道。

"在我们家？"父亲皱起眉头，"你确定？"

他的眼神里混杂着期待和怀疑。

"就是他恢复的这段时间，"母亲很坚持，"而且，亲爱的，这或许可以让你和他的关系更亲近一些。"

"但明明是他不想接近我。领带那件事你也知道的，我还记得。这种接近真是多谢了。"

他指着自己的喉咙。那个瞬间，从他脸上可以看见一种孩童般幼稚的表情。

"事实你都知道，他从来没有喜欢过我。我能做什么，我才不喜欢动拳头，难道要我每个周末去面对被打断鼻子的危险？"他愤怒地挥了挥自己的两个小拳头，"让我变成他喜欢的人，唯一的可能就是成为一个拳击手。这当然不是八十六岁的时候可以改变的事情，也不是五十岁就有可能改变的。"

母亲把自己的手放到父亲的手里，轻声道："时光不饶人，拿破仑更不是永恒的。"

祖母的信

孙儿：

上次我写到哪里来着？对了，周二的杂志，我的外甥女路过了这里，很快又去了马德里，在那边学丹麦语。她觉得这是我重新振作起来的一个好方法，但她说必须小心一些，她跟我说，"你不知道自己会遇上什么人，万一是个想把你切成一块一块的变态呢，是不是？"

因为一直犹豫不决，我拿不定主意，再说了，这类事情几乎都有同样的结局，就像你想买辆车，但你不知道该挑坚固耐用的普通款，还是多了很多附件却有点难以捉摸的高配款。

最终我还是选了三个不同的人，就像赛马一样按照好感程度排了顺序。我把一封信写了三遍（几乎一模一样，只是改了收件人的名字），第一封寄出的信被退了回来，信封上盖着"该地址查无此人"的戳，第二封信毫无消息,根本就没有回过信,反倒是第三封,一个礼拜之后我在信箱里看到了回信。

我和这位先生见面了,你不知道,我有点害怕。他邀请我去一家中国餐厅,我们吃了一些包起来的东西,还有一些看起来难以操作的卷起来的食物,最后服务员给我们送来了一些冒着热气的白色卷状物,某一类的卷饼,我拿起来就咬,爱德华(这是那位先生的名字)放声大笑,结果那不是什么卷饼,而是湿餐巾。爱德华说这是给我用来擦手的,我不知道中国人会在餐桌上擦手,他一直在笑,这对他来说实在太有趣了,他不知道这样笑会有什么后果,他可能想表达这是某种含义,意味着他要请我吃这顿饭。

好在他一点也不想把我切成块或者切成片,后来我们去散了步,好像这是必须做的事情一样,我得知他以前有过一家五金制品店,当我跟他说我并不是像他想象的那样是个寡妇,而是我八十五岁的拳击手丈夫为了要开始新生活把我赶出家门,他一开始觉得这是个笑话,什么寡妇真是个滑稽的想法,我可从来没有想过这点。多亏了你祖父强壮的身体,我们几乎没有想过这类的事情。我下个礼拜要和这位先生再见一次面,他要带我去一家日本餐厅,以前他总是卖给亚洲人金属棒,也从他们那里买火柴,总而言之,他关于寡妇的愚蠢故事让我有点胡思乱想,我开始给你的祖父织一件套衫，我知道你很爱他，记得好好照顾他，也好好关照他的新生活，但千万别跟他说我给你写过信，这会让找回青春的他感到为难的。人到了二十岁，青春就已经摇摇欲坠了，何况八十六岁，这可真的不容易。

想你的祖母

"住你们家？"拿破仑的声音都变了，"我没有听错吧？是我开始有听力方面的问题了吗？我这个年纪都会这样吗？"

父亲站在他面前，眼下有点进退两难，他在发抖，每次他不舒服的时候就会这样。

"没错，住我们家。"

"你们就这样擅自主张？"拿破仑又问，"还是你们抽签决定的？"

"你先冷静一点好不好？"

"当我需要你帮忙照料我的理智的时候，我会告诉你的。但是，你最好先管好自己的屁股……"

突然，拿破仑盯着地板笑了。

"啊，你听好了，我想了想，有件事要跟你说……你身上一直有一点让我感到厌烦。"

"只有一点？"

"不，但这点更甚于其他，就是你穿的方头皮鞋。"

父亲看向自己的脚，晃着胳膊，看起来就像是一个被指出忘记系鞋带的小男孩。

"我说得没错吧，你就是一直喜欢方头皮鞋。对我来说，有一个穿方头皮鞋的儿子实在是很奇怪的感觉。好了，就是这样。你可以回答我一个问题吗？"

"我想可以吧。"父亲有点狼狈。

"你曾经朝谁的屁股踢过一脚吗？"

"我不明白。等等……为什么这么问？"

"因为踢了某个人一脚，他一下子就会有方块状的便便啊！"

拿破仑笑弯了腰，父亲站在他面前一言不发。他站在窗户边，望向外面，双手插在裤子的口袋里。他的脸隐隐约约地映在玻璃窗上，和屋外的山峦景色混在一起。恢复严肃的拿破仑转动轮椅，到他身边，两个人看着天空中飞机降落前的轨迹。我坐在床上，看着他们两个人的背影：拿破仑蜷缩在轮椅里，父亲穿着方头皮鞋站在那里，似乎在努力让自己变得像想象中那么高大。比起脸庞，他们的背影似乎更加不同。

"很奇怪，是不是，"拿破仑小声道，"所有人都来来往往个不停。"

"是啊，"父亲答道，"很奇怪。"

这几秒钟的默契仿佛静止一般，我很确信母亲能抓住这转瞬即逝的时光，用她的画笔留下这奇特温馨的一幕。

"嗯，"父亲重新开口道，"我有另外一个想法。不如找一个看护……我想说的是一个能陪伴你的女士。"

拿破仑有那么几秒钟没有说话,似乎在等待一架飞机消失于云朵之中,而后他说道:"有意思,陪护的女士?"

伊蕾娜的履历无懈可击:她曾经是督查小队的成员,监督过一些喜欢闹事的人,大多数是上了年纪的人;她还会很多武术,比如柔道、空手道、跆拳道、泰拳、近身格斗术,还有踢打术和瑜伽。所以她非常了解如何控制别人。在合上眼睛发出低沉的呼噜声之前,她都会把手交叉放在自己的肚子上,从这点可以看得出来她也很有自制力。

"没有人能乱我阵脚,"和我们见面那天,她这样说道,"就算那些最顽固的人也一样,我会管住他们。在我手里他们都会走向静海,因为我有'幕府将军'的思想!"

心情愉快的时候,她会低下脑袋,任其沉入肩膀之中,有点像一只刺猬;当她把牙露出来的时候,就像一只斗牛犬。有人觉得她二十岁,也有人觉得她五十岁。

"你还是要小心,"父亲对她说道,"你面对的是一个强劲的对手!别忘了他的名字是拿破仑,这已经在提醒你了!"

"我能应付。"她宣布道。

"我们只是简单地希望你能让他明白,人到了八十六岁都会需要帮助,而且也不可能一个人生活……如果你能让他明白这些就好了,就太好了。还有,让他知道人都不是永恒的。"

伊蕾娜看起来泰然自若。母亲坐在客厅的角落里，正用画笔迅速地描绘着，大家都看不清画的是什么。

"就这么做，"伊蕾娜说，"通通都在计划里。不到一个月，他就会主动跟你们要求搬到养老院去。我对日本将军的技术了如指掌：孤立、封闭、压制。"

"无论如何还是小心一些，他擅长猛打、袭击和殴打。"

"尤其是，"她接着说，盯着父亲的眼睛，"尤其是我会迷惑他，就像毒蛇遇到它的猎物一样。啊——要有信心！"

"不过，你这样看起来有点搞笑。我们觉得很不自在，有点无力。"

"看吧！你们已经帮他在养老院选好一个位置了！但要记住：在我给你们提示之前不要来拜访，因为日本将军的精神就是要孤立、封闭……然后压制。就是这样。"

她的拳头里紧紧地攥着自己看不见的猎物。

在接下来的半个月时间里，我没有任何关于祖父的消息。每次我打电话过去，都是伊蕾娜接的。她听我说完话总是回答："我会转达的。"

伊蕾娜在孤立他。

她冷淡的声音没有透露任何态度，也没有任何情感。

"那……他还好吗？"

"我们一块儿在路上。"

"路上？"

"去往广阔静海、无止境智慧之海的路上。将军之光照耀着我们！"

我好几次经过他的房子，透过窗帘我看见伊蕾娜推着他的轮椅，只有隐隐约约的轮廓。我猜他们会面对面坐在桌子的两端。

伊蕾娜在封闭他。

冬天到了。需要把时间调成冬令时，太阳下山越来越早了。爸爸在日历上数着日子，每个过去的日子都充满了希望，养老院的宣传广告单在客厅里堆得越来越多。

"等他到达了那个我还是不知道是什么的大海，"有一天晚上父亲说道，"我们就通知约瑟芬娜。然后他们俩就能一起到那个温馨的地方去。"

伊蕾娜在压制他。

这个灰色的季节寒冷而悲伤。我的皇帝思念我了。他也思念句号了。伊蕾娜并不想照顾它，或许是为了彻底地孤立拿破仑，也可能是怕它咬了将军。他很伤心，它也是，一直盯着窗户等待着主人回来。当夜色降临，它发出低沉的呜咽声，仿佛明白再看到主人仍然需要一些耐心。当它听到汽车发动机的声音时，仍然会装死。伟大的演员总是无法离开舞台。

我经常和亚历山大一起带着句号去散步。有些时候我不是很清楚我们三个之中究竟是谁带着另外两个在散步，仿佛有一条看不见的狗绳把我们系在一起。我们是三个可怜的逃兵。亚历山大从来没有和他奇怪的帽子分开过，说它是一顶真正的帽子，实际上它更像是一个嘉年华头盔，或者是一个哥萨克人的高帽。

有时候亚历山大会缺席整个下午，他教室里的座位就空在那儿。他去哪里了？这些缺席始终没有得到解释。按照我们最初立下的沉默约定，我总是需要隐藏自己的好奇心，但其他人依旧肆无忌惮地对他抛出问题。他不变的沉默在他身边激起了一场夹杂鄙夷和怀疑的风暴，一些令人难以置信的谣言也随之而起。

每次逃课后他都会带来一些小东西，他小心翼翼地不让别人知道，却特别把它们拿给我看：那是精致的红色或者金色盾徽，足球运动员的商标图案，或者诸如此类的小东西。有天晚上我赞叹道："你的钥匙扣好漂亮！我也希望有一个一样的，你的运气真好。"

"或许我真的有好运气。"他小声说道。

我知道他不会讲更多东西了。

我从来没有确切地搞清楚究竟是什么让我和亚历山大·罗契科联系在一起。是那顶被他视为珍宝的让人惊奇的帽子吗？是他沉默中隐秘的痛苦吗？是他对昆虫奇怪的热情吗？或者仅仅是他对拿破仑的故事表现出来的好奇？他期待这些故事，就像我期待那些永远不会有结尾的连续剧一样。我觉得好像只有他一个人可以理解那些故事，而只有我们两个人才能借由分享来抵抗遗忘。

我坚持不懈地跟他讲过去的打斗、在公共场所的大喊大叫、更衣室里的孤独寂寞，还有那些弄虚作假的比赛。我带他去参观了布鲁克林的训练室，跟他介绍拳击手的各种技巧。我添油加醋，我美化了细节，我粉饰了故事。我为他编撰了拿破仑在流亡美国时和洛奇有关的生活。我们跟在他们身后，走过百老汇。我还告诉他，什么都不用做，拿破仑会找到幕府将军的弱点，变得更加强大，回到我们身边。

每一次，亚历山大都会从他的口袋里拿出一颗新的弹珠。

"你讲得很精彩，拿一颗弹珠吧。"

我有越来越多的时间待在了屋子里。一个星期天的晚上，母亲给我看了我们这一年间被她画下来的生活场景。有些画得栩栩如生，另一些则任由画笔飞扬，那些曲线奔放却又如记忆般难以明辨。

"这一张，你还记得吗？"她问我。

那是爸爸看到拿破仑送给他的领带的时候。一切在画纸上真实地再现了，他的眼睛就像拆开圣诞礼物的孩童般闪烁着光芒。妈妈想说的是那时的快乐吗？

"还有这一张，这是第二天，已经开完会了！气氛变了！"

爸爸愤怒地挥着那条祖父送给他的、害他被嘲笑的领带。我耳边仿佛能听到父亲的咆哮，还有皇帝的嬉笑。

但很快地，在看完这些图画之后，我意识到一件事情，忽然愣住了：拿破仑老了。他的皮肤在母亲的细致描绘之下，已经满是皱纹，他的脸庞沟壑纵横；他的肩膀在最初的几张画作里还挺拔方正，也慢慢地垮了下去；他的眼睛，闪烁锋芒的眼睛，在一页页画纸之间变得黯淡了。在真实之中凝固的时间，在纸页间如流水般难以挽留地离去了。他仿佛永恒，在我眼里他有多么强壮和不可战胜，在这画作之间，他就有多么脆弱和转瞬即逝。

从秋天到冬天的那几个礼拜里,每周六我的父亲都会收到伊蕾娜放在信箱里的详细报告。

他成功了。拿破仑轻盈地抵达了静海的海岸。就这样提前品味了我希望他能得到的胜利。

"她真的很了不起!不得不说东方智慧,老子啊还有其他的哲学家,没有什么比他们更能让人平静了。这是真的,不是吗?一个人都八十六岁了还在反抗什么呢?人到了这个年纪是不会反抗的。人要变得睿智。一些事情消失了……反抗自然也就被遗忘了。"

这些话到了夜里,就像盘旋的秃鹫一样,在黑暗中徘徊。我梦见一片森林,那里面的树忽然不知道为什么火焰闪烁;没有风,但这些庞然大物摇晃起来,随后倾斜了,它们像多米诺骨牌一样,一棵棵在屈辱的沉默中倒下,全部倒下了。我们用力地推着树干,从一棵到另一棵,句号在,亚历山大也在,试图用可怜的微小力量撑住它们,但无济于事,它们就这样毫无征兆地全部倒下了。到最后,只剩下一片阴沉的平原,一个孤独而忧郁的皇帝站在正中央,回想着过去。

我从梦中惊醒。

我感到一阵恐惧。

某个周三,电话响了。我刚刚起床,母亲已经在她的小工作室里画画,仿佛她整夜都没有离开那里。我接起电话。

"我要跟我的副官谈话。"

我发现自己的双腿在打战。我的心脏跳动得如此剧烈,好像快要撞开胸膛了。

"我的陛……下?"我犹豫了。

"漂亮!L'armeo disiĝis sed la imperio saviĝis!(军队已经溃散,但皇帝被救了!)"

"你打赢了?"

"没错,但对手确实难缠。好在我又用了和艾斯瓦利亚打最后一场时的那招。你还记得吗?"

"当然记得,迷惑术!"

"是的,你要让别人觉得你不行了,然后别人就会对你放松警惕,等到别人觉得你已经被耗完了,啪!把最后一击使出来。"

"你太强大了。那战斗要继续吗?"

"那还用说!活着就是战斗。来找我,我需要活动活动。"

我一路跑到他的房子。

"她呢?"我问道。

拿破仑坐在轮椅上，勉强地穿好了黑夹克，戴了顶帽子。他抬了抬脚，膝盖上那颗刻着"为胜利而生"的保龄球跟着跳了跳。他朝走廊尽头抬起了下巴。

"在厕所里？"我喊了一声，"你把她关在厕所里？"

"没错，我也知道这样抵抗不太高明，有更好的方法，但有时候为了赢得比赛，所有的手段都是可以使用的。走吧，小家伙，我们走吧……"

"你要把她丢在那里？"

"她那是自找的！"

她一定是听到我们的对话了，因为从走廊深处传来了吼叫声："孔子说过，智者从来不打压对手！"

祖父以牙还牙："哲学家知道如何适应狭小的空间。"

沉默了几秒钟。

"是老子吗？"伊蕾娜用迟疑的语气问道。

"错，是拿破仑！"

我没有费太多力气就帮他坐到了标致404的驾驶座上。发动汽车前，他问我："句号呢，它还好吗？"

"它殿后。"

"好，非常好。有你们两个，皇帝就安全了。"

到了保龄球馆，大家看到拿破仑坐着轮椅大摇大摆地进来了，都有点惊讶，但还是有人对他说："很高兴又看到你，陛下！还是老位置吗？"

他坚持要穿上自己优雅的皮鞋，我犹豫了一下，但他很认真。他的脚在我手里显得特别小。

"把鞋带系紧了，小家伙。打两个结！"

现在，他需要做的就是适应环境。这是他刚刚在车上跟我解释的。

"前进！"

我推着他的轮椅在木地板上前进。他一动不动，轮子在光亮的地板上发出吱吱的摩擦声。

"再快一点！再用力一点，冲啊！"

我往前跑，摔了一跤，把膝盖擦伤了，然后重新抓住轮椅。我们飞速前进着。我一脚踩住刹车，轮椅瞬间漂移了。

"球道，我的球道！"拿破仑一边喊着一边把"为胜利而生"扔了出去。

球瓶被撞得一干二净，祖父放声大笑。机器自动摆好了新的一局。

在两次全中之间，我们在一张矮桌子边喝可乐。他很爱这个饮料，而且就叫它"美国"。

"我受够这个腰痛了。"他说。

"别担心，爷爷，很快就好了。"

"你知道最让我心烦的是什么吗？"他问我。

我摇了摇头，吸了一口可乐。

"是你现在都快跟我一样高了。"

我拍了一下他的肩膀，然后站在轮椅边上。

"其实更高一些，你看！"

"这得看情况。你踮脚尖了，那不算。而且这两个轮子还漏气了。你让我想起你父亲，他会像这样跳舞，只用他的大脚趾就行！但是，嗯……"

他把肘关节支在桌子上，活动着手指头，等待我的手掌。

"你会不会退步了？"

"不可能。"

我们十指紧扣，我的肌肉绷紧了。掌心贴着掌心，仿佛永远不会分开。我们的眼神碰在一起。我坚持着。不对，我不仅仅坚持住了。随后我明白过来，我的皇帝并没有在表演。我看见他眼睛里一闪而过的紧张，他试着用若无其事的微笑扫去紧张。他的手已经到底了，牙关咬得紧紧的，我却还有力气。用不完的力气。我只要再用一点点力气就能赢了。但是，一阵无边的悲伤忽然侵袭了我。我假装没有力气了，一下子放松了。我的手像以往一样，被压在了下面。

"不可战胜的。"我说道。

气氛有些尴尬。

"跟我保证一件事情，小家伙。"

"什么都可以。"

"永远，永远，永远不要穿方头皮鞋。"

我们周围传来球瓶被撞到的声音，有人兴奋地欢呼着。祖父正用吸管在杯底搜寻着最后一滴可乐。他皱起眉头，突然又舒展开来。在他眼睛的两边，看不见的小蜘蛛们已经留下了细小的脚印。

"你有你奶奶的什么消息吗？"

"没有，爷爷。"

"别这么叫我。她真的是……"

一个服务员过来收走了我们的杯子，拿破仑把话停在一半。

"……真的是太过分了！"

"太过分了？这是你说的吗？"

"没错，就这样消失了。"

我思考着他是不是在开玩笑。不是的，他看起来很严肃。他用一种皇帝般高高在上的目光扫视了整个保龄球馆和一路小跑准备抛出保龄球的玩家们。

"你看到这个了吗，小家伙？"拿破仑说道，指了指自己怀中像婴儿一样被抱着的保龄球。

"看见了。'为胜利而生'。"

"很好，它要变成你的了。你要好好对它。"

两天后，父亲收到了看护员的信。父亲胸有成竹，打定这封信里写什么都有可能，就是不可能有看护员投降的消息，所以他开始高声朗读信的内容，对将军的智慧有十足的信心。

"先生，我也应该见过几十个老人了，尽管有一些和你父亲很像，但坦白讲，并不多……这是个特例……幸运的是，就算他们有一整个军队……"

父亲皱起眉头，咬了咬自己的嘴唇，眼神里闪过紧张，迅速地浏览了整封信。然后，他的声音一点一点降了下去，脸色发白，像被抽干了血液。

"然而像这样的情况，是绝无仅有的，您能想到吗，昨天他闯进了我的房间，然后……"

他快要晕倒了，双腿打战，扶着桌子不让自己摔倒。母亲用手里拿着的平底锅给他扇起了风，他还是继续努力用颤抖的声音读下去。母亲的视线越过他的肩膀，读了起来。

"……我把东西还给他，就跟他解释说拳击手套和摇滚乐是和将军的哲学相悖的。我知道这不应该（但请理解我，我已经尽力了，还忘光了所有的智慧），但最后我还是把他当成疯老头对待。然后，他对我说的话，我简直不敢跟您复述，那让我感觉就像有什么东西在身体里炸开了一样……他说……"

"自以为是！"父亲总结道。

在信的结尾，这位对付顽固分子的专家宣布她南下了，并且再也不愿意和像我祖父这样抵抗一切的疯子打交道，大体上就是这样。在最后几行，她非常客气地写道，她并没有抱怨任何人，她只是责备自己，并且很遗憾拿破仑没有从将军的智慧中得到益处。她祝拿破仑长寿，而且确信将军虽然遥不可及，但仍会仁慈地眷顾他。

父亲把信纸揉得皱巴巴的，随手一扬，像要把球赶出球门外的守门员。

"我们又要从零开始了！"他低声抱怨道，"不过，幸好约瑟芬娜不在这里。"

祖母的信

孙儿：

说实话，日本人真的非常精明，但也非常复杂，简直让我无法理解，星期六晚上爱德华带我去了日本餐厅，你也知道亚洲就是他的爱，那里面所有的菜名都以i结尾，服务员送上来一些小块的鱼肉，其他的什么都没有，没有酱也没有奶油。甚至没有餐具，然后你知道吗，我把它们全部端回厨房了，因为它们全是生的，也没有任何调料，尽管他们当时是彬彬有礼、笑眯眯的样子，但却是在嘲笑我。

爱德华跟我解释说，那是一道延续了千年的精致美食，一开始可能不是很习惯，但值得尝试。我说好，但我什么都没听懂，过了一千年的时间怎么还吃生的鱼肉……如果现在别人跟我说什么都要试一试，那我可能要上一些补习班，我从来不知道吃个饭也需要培训。

上次那个长得像卷饼的湿餐巾，还有昨天的生鱼，更别说我还把筷子当成了大牙签，我总是在想这位先生每次都跟我说这些东西是不是为了让自己显得博学。吃饭的时候，爱德华跟我解释（这是一个爱解释的人）说，他的妻子两年前因为某种肺病过世了，我没有记住那个病叫什么，不知道是什么东西呛到我了（可能就是大家吃鱼时要配的那种绿色的辣玩意儿），我问他，他的妻子是否走得安详，他的眼泪一下子就流了下来，而我却忍不住一直笑，这真的太愚蠢了，但我越是想忍住就越是忍不住，我越是忍不住，他的脸色就越难看，结果看见他整个脸都拧在一起，我整个人捧腹大笑，为了请他原谅，我吻了他的脸颊，他的脸都红了，真有意思。我们有一小会儿时间都没有说话，气氛非常尴尬，最后我先开口道了歉，告诉他实际上我从来没有这样过，我发现，只要道歉就可以从任何处境中成功脱身（记住这点）。

快吃完饭的时候，他问我喜不喜欢玩扑克牌游戏。我说过去很喜欢，比如桥牌、勃洛特牌，或者是惠斯特牌，但自从跟你祖父在一起之后我就再没有碰过了，你也知道他耐心有限，这些游戏他玩不来，而且他完全不想听到拼字涂鸦游戏，他说这是给软蛋们玩的东西，有一次，为了哄我开心，他陪我去了老年俱乐部，结果因为他无缘无故就开始发火闹得不欢而散。

话说回来，扑克牌也算是爱德华的一个优点，我们要了一大杯清酒，那个酒杯里面有个图案，看到它我的脸一下子就红了，因为那是个大鸡鸡裸男，但我什么也没说，不然就显得太做作了，爱德华问我："您喜欢围棋吗？"

围棋？我得再问一次，但我已经受够了提问题，我简直要变成问号了，但我立刻说了是，通常来说，直接回答是，这样会比较简单，你说了是就能得到安宁，这点你也要记住。爱德华仔细地解释："围棋是一种日本游戏，日本的棋，如果您喜欢，找一天我再跟您解释，我们可以一起玩。"他跟我说话的时候就像在跟一个重症病人说话，我心想他以为自己是谁啊，他讲话的时候用的"您"，还有那种高高在上像个教授一样的态度，都让我感到恼火。爱德华和拿破仑的第一个不同点，是你的祖父在我坐上他出租车不到五分钟的时候就用"你"来跟我说话了，而爱德华，都好几个礼拜了还在跟我用"您"。

我们去湖边散步，不知道为什么我非常想哭，我觉得自己就像被你祖父抛弃的孤儿，满脑子都是他，我一回到家就立刻继续织那件给他的毛衣，好像我是他的佩涅罗珀①。爱德华说下次要带我去一家韩国餐厅吃饭，他只想着吃，难以置信，我还去看了地图，想知道韩国在哪里，它太远了，孙儿，我简直在旅行。

我希望你不要跟拿破仑提起我的任何消息，我总是回想起敲他车窗问他有没有空的那个夜晚，当然我那时

---

① 佩涅罗珀，《荷马史诗·奥德赛》中英雄奥德修斯之妻，在奥德修斯失踪后坚守十年未嫁，等丈夫奥德修斯归来。

也无拘无束,隔天一切都不一样了,我认识了幸福(我再没有见过其他和你还有你祖父一样姓氏的人),有些时候我想起拿破仑(这头犟驴!)就会觉得我余生都要在泪水中度过了,但有些时候又不太一样,觉得他好像一直在我身边,一直跟着我,只要转个身,我就能看见他正朝着我笑。

爱你的祖母

我相信，生活将回到以前的样子，和以前一模一样。正如祖父说的，这不过是一个小插曲。他跌倒又爬起来那么多次了，这次也不算什么。

这种生活重回正轨的喜悦很快就变淡了。撕下墙纸的墙壁原封不动，家具也还堆在房间的正中央，潮湿的气息填满了整个房子，这一切让我感到十分忧伤。像一个被抛弃的幽灵在游荡。恍然之间，我第一次觉得现实要远比我们强大，比我的皇帝更强大，比所有人都团结起来还要强大。

我忽然十分确信我们永远也做不完了，随即我又对这种确信十分羞耻，我居然和父亲想的一样，我为此而羞愧，也为长大而感到羞耻，更为不再相信祖父和我是不可战胜的而羞耻。

"怎么了，小家伙，你身体不舒服吗？我们进展不错对吧，都能看到弄完的样子了，是不是？"

"没错，陛下，我们已经能看见弄完的样子了。"

接下来的一些日子里，我们的进展缓慢而微不足道，我也已经习惯隐藏自己的气馁。有时候，拿破仑会突然沉默，一股沮丧的气息把他按在了轮椅里，然后他就睡着了。我想他心里一定很疲惫。

我在陈列室里忘却了现实。是我的皇帝把墙上洛奇的照片翻过去了吗？对着墙壁的洛奇是真的死去了。我让他复活了，他重新看着我。再一次，吼叫声从跃动的胸膛中冲出来，拳头在无声地撞击着。洛奇从不手软……一记重重的勾拳……拿破仑在发抖，但是他在挑衅……洛奇看着他，舞动起来，要激怒他。

拿破仑上当了，没有完成他最著名的迷惑战术。然而毫无疑问，他在每个方面都要比洛奇更厉害，洛奇似乎状况不佳。比赛逃不出拿破仑的手心。但是，就在休息之后，情况突然发生了反转……洛奇的防线堪称完美……进攻……我的皇帝倒在地上……裁判在计时，一……二……三……然而在几十年之后，被打败的却是我。

有那么几天，我的皇帝勉强恢复了活力，看起来几乎和以前一样了。我趁机对他抛出了一些问题，有的轻轻掠过、细致入微，而另一些，则是忽然想起就直接丢了出来。

"陛下，你的秘密是什么？"

"我的秘密？"

"你战斗的秘密……"

"啊……"

他的声音听起来如释重负，微微地颤抖着。

"你也是知道的，小家伙，这是一种非常讲究的策略，需要十足的敏锐。你要试着记住这些。"

"好的。"

句号好像意识到它的主人接下来要讲的话很重要，蹲坐在我身边。

"就是说，在一开始的时候，我用尽全力出击。就像这样。"他的拳头仿佛被活塞推动，往前出击。

"在比赛的过程中，我用尽全力出击……"

"那在比赛要结束的时候呢？"我天真地问道。

"快要结束的时候？我当然也是用尽全力出击，就是这样！"他把拳头打在墙上，轮椅往后退了出去，在原地打了个转。

"你的拳头还好吗？"我问他。

"当然，怎么了？"

"因为墙壁不喜欢，你看见了没有？"

墙上裂开了一条缝，石膏掉落到地板上。

他对战洛奇的那最后一场战斗一直萦绕在我心头。时间越久，那种确定的感觉越渗入我的心里，我相信比赛并没有人作弊，而拿破仑也没有一如既往地战斗到最后一刻。一定是发生了什么事情，但究竟是什么事情？这个疑问一直在我的舌尖燃烧着，有一天，问题忽然就从我嘴里跑了出去："我的陛下，为什么你那时候没有战斗到最后？"

"你在说什么，小家伙？"

没等我回答，他就把收音机打开了。

"有奖竞猜游戏，"他说，"幸亏还有这个啊，它可是能一下子改变那些倒霉鬼和软蛋的命运。嘘，要开始了！"

"我才没说话，是你自己说个不停。"

"嘘。认真听。该死，这个太棒了！让我想到了一个拳击手，他总是忍不住想要在拳击场上说话，讲述自己的人生。这个那个的，讲个不停。"

"你看吧，你又开始了。嘘。"

"嘘。"

"数学问题，如果我们选一个数字，然后使其增加四分之一，在得到的数字上我们应该减去它的几分之几，才能得到最初选中的数字？"

拿破仑扭头看我。

"你知道吗？"

"不知道。"

"五分之一。"参赛者答道。

"没错，就是这个答案。"拿破仑说道。

"你知道？"

"当然不知道啊。"

问题一个接着一个。牛有几个胃？莎拉·伯恩哈特是哪一年出生的？要回收多少个塑料瓶才能制造出一件套衫？是谁发明了引号？（祖父说了一句"不是我"就放声大笑）为什么接起电话的时候要说"喂"？

"我们也可以说'狗屎'，"拿破仑说，"但可能效果不是很好。"

他关掉了收音机。

"这些人真是难以置信的博学啊！我可记不住。不过我一天也提不出一个问题。"

他朝我眨了眨眼睛，说道："提问题比回答问题要简单得多，是不是？"

"我们要干活了吗？"我问他。

他朝裸露的墙皮看了一眼，显得有点惊讶，仿佛刚刚发现它们。

"什么乱七八糟的。"他说，"我在想这些有没有意义，你看啊，小家伙，我们做了这么多事情，却还是不知道为什么。"

"你想要重新开始，还记得吗？你改变主意了吗？"

"当然没有。但或许已经到了征战的最后阶段。别担心，我们能守住！"

他握紧了拳头。

"保卫疆土，分寸不让。"

屋外，阳光正在节节败退，细小尘埃飞扬而起。屋子里被阴影侵蚀了。他长久地抚摸着句号的脑袋，杂乱无章地回忆起了在美国的日子。爵士酒吧，还有同洛奇走过的清晨的百老汇。我能听见他们踏在柏油马路上的脚步声，还有哈雷机车飞驰的声音。

"那些美国佬，他们拿个驾照可没我们这里这么麻烦，你只要买个邮票寄封信就行了。还有什么安全帽，你都可以丢在家里当夜壶了。"

有一天，加里·库珀①来看他的比赛。

"最后我没赢，但他还是在更衣室和我握了手。你至少知道加里·库珀吧？"

我摇头。他拍了拍轮椅的扶手。

"浑蛋，怎么可能有人不认识加里·库珀！不过也没什么好惊讶的，这个世界早就变了。"

他看起来相当愤怒。我忍住没有告诉他，在我们这个年纪，不会再有人知道加里·库珀。这是个代沟。他用双手比出手枪的样子，然后指向我的胸口。

"受死吧，比尔。"他用低沉的嗓音说。

"放过我吧。"我乞求他。

"不可能的，比尔，不是你死就是我亡。我已经决定要杀了你。我的柯尔特手枪已经上膛了。"

他发出"啪"的一声，我倒在地上。他对着自己想象中的手枪吹了口气。

"这就是加里·库珀，小家伙。一个西部牛仔，美国的西部牛仔。不是现在那些软蛋玩意儿。现在的演员，我都分不清他们是男的还是女的！"

他沉默了一会儿，忍住不让自己打嗝。

"小家伙，"他说，"需要你的帮忙。"

---

① 加里·库珀（Gary Cooper, 1901—1961），美国知名演员，曾两次获得奥斯卡最佳男主角，并于1961年获奥斯卡终身成就奖。

"要帮什么？"

他迟疑了。

"我累了。"

累了？从他嘴里听到这个词真的是太奇怪了！但他似乎又恢复正常了。

"别乱想，只不过是觉得有点不舒服，肚子有点痛。我开了一罐放了挺久的沙丁鱼罐头，现在它们开始造反了。那个罐头有点生锈，鱼估计变质了。"

我在垃圾桶里找到了罐头盒，上面写着日期。

"这是加里·库珀给你的吗？"

他笑了。

"不准再这么说。过来帮我，我要到床上去。"

他撑着我的肩膀，要坐到自己的床上。他轻得像一只蝴蝶。我把被子拉到他如同婴儿般娇弱的下巴下面，这种感觉很奇怪，这是我记忆中第一次照顾他。我靠近他的脑袋，他的头发柔软而光滑，却有点稀疏。

"我的陛下，要是我们把约瑟芬娜接回来了，你不想见她吗？"

"她给你写信了？"

我犹豫了片刻。

"没有。"

"小家伙，有件事我一直没有跟你说过。"

"是那场跟洛奇打的比赛吗？"

有那么几秒钟他一言不发,我心想他是不是睡着了。

"不是,"他又开口,"是和约瑟芬娜有关。你知道,我们是在她坐上我出租车那天晚上认识的。"

"嗯,我记得。"

"她跟我说,'往前开,看看我们会到哪里去。'我们最后停在了诺曼底的一片海滩上,那个地方叫……啊,我想不起来了。但她一定记得,她什么都记得。她替我们两个人记得。"

我在他的脸颊上亲了一下,他的肌肤很光滑。我走出房间,天变凉了,我的眼泪在脸颊上,像冰冷的细小霜花。

在我的梦里,大树仍然在无声地倒下,一棵接着一棵。我经常在凌晨醒来,额头上满是汗水。

在某个夜里,电话铃响了。父亲起床去接,我不知道那时候几点了,不知道是更接近夜晚还是清晨。我猜测着电话那头可能是谁,但父亲却几乎没有出声,要么就是用很低的嗓音在说话,我听不清他说在什么。是我的皇帝需要援助吗?几分钟之后,大门开了又关,汽车发动的声音传来。

这不再是那种让人安心的发动机声音,反而像是命运朝你开了枪。清晨,我在早餐的时候跟母亲说:"妈妈,我记得昨天晚上有人打来了电话。"

"你父亲的一个员工出了车祸。"

"爸爸出门了,是不是?"

"是的,因为要……要去找那个员工需要的几份重要文件。"

她脸上的笑容和她的谎言一样苍白。出门去学校的时候,我觉得自己的嘴巴像被焦虑粘住了,最坏的画面一直出现在我脑海里。

亚历山大发现了。他戴着那顶让他显得很高的大帽子,上面的皮革在阳光下闪闪发光。

他试图跟我说话,但我没有反应。他在口袋里把弹珠撞得直响,我虽然注意到了,但还是没有放松下来。

"有些事情是没有办法说出来的,但这些事情又很重要。"

我忽然觉得,沉默比任何话语更能让人彼此接近。

第二个课间休息刚刚开始,一群男孩子经过衣帽架的时候抢走了亚历山大的帽子。他们把战利品拿在手里,飞快地跑去了操场,还一边发出印第安人的喊叫声。仿佛被割掉头发的亚历山大变得迟疑了,只是说了句"我就知道这一天迟早会来"。

那顶帽子先是在他们手里像橄榄球一样飞来飞去,然后他们用脚踢它,操场上扬起了一阵尘埃。等到玩腻了,他们开始踩它。

"等着我,"我说,"你看着。"

"算了!"他一边说着一边试图拉住我。

但我已经跑远了。我觉得自己的身体里冲出一个看不见的人,血液里涌动着拿破仑曾经给我的东西。我把他们一次次撞翻在地,其他人发现最好不要再对这顶帽子感兴趣,因为我无论如何都要把它拿回来!

亚历山大满脸泪水地看着帽子。他把它拿在手里,无论怎弄都没有办法让它恢复原来的形状,它现在只是一堆破布,原来五彩斑斓的颜色都消失不见了,上面沾满了厚厚的灰尘。他的下巴颤抖着,抬了抬肩膀,对我说:"把你的弹珠拿回去吧,你应该得到的。不要再把它们拿来当赌注了。"

"如果你想要的话,留下一些吧。"

他笑了,点了点头,然后把曾经是他的骄傲,但现在已经成了一堆破布的帽子拿给我看。

"你看吧,只能丢进垃圾桶了。"

"不要丢掉……我圣诞节的时候会去南方找我奶奶。我保证她一定可以把它修补好的,你把它交给我吧。"

他犹豫了片刻,然后把它递给了我。从他的眼睛里,我能看出来这顶帽子对他非常重要,就如那些弹珠对我一样重要。

"我很确定我妈妈对我说了谎,"我说,"拿破仑一定是发生了什么。"

放学之后,亚历山大陪我去电话亭给拿破仑打电话,但没人接电话,嘟嘟声在一片虚空中响了十二次。

我们随后就分开了,几乎一句话也没说。

那天晚上,可能是因为对他的帽子许下了承诺,也可能仅仅是为了驱散一直折磨我的焦虑,我没忍住,偷偷地跟踪了他。他把手插在口袋里,走得很慢,有点驼背,沉浸在自己的思绪里。系在腰带上那个装弹珠的袋子,每走一步就在他腿上撞一次。我很快就明白他只是在到处游荡,无意去走最快的路程。相反地,他很喜欢走最绕的路,挑那些最想不到的路线,有条路还经过了好几次。某个空隙,我心想他是不是在刻意搞乱路线。

有几次他突然停了下来,被什么吸引了注意力,然后蹲了下来,从口袋里掏出一小截木棍,在地上忙碌着。我明白过来,亚历山大在保护他遇到的昆虫们:把它们送到长椅下面,或者是墙角,在那里就没有人会不小心踩到它们了。我突然对自己的跟踪感到羞耻,随后转身离开了。

我匆匆忙忙回到家里,又一次担心起祖父,终于决定去问母亲。但她不在。我逃回自己的房间,觉得自己像亚历山大的帽子一样糟糕。

我听见开门的声音。父母亲领着一位瘦小干瘪的女士走了进来,她褐色的头发绾成一个发髻,还用两根筷子一类的东西牢牢固定住了。她身上什么东西都干瘪而锋利,那个发髻是唯一一个看起来柔和的东西。

我立刻反应过来,她是养老院的工作人员。随后我惊讶地发现自己松了一口气:至少拿破仑还活着。我悄悄地躲在走廊里,透过门缝看着这一切。

"我跟您保证,令尊在我们那里会过得非常好。我们有高素质的工作人员,可以随时应对任何情况!"

"他和别的老人不一样。他身体状况不太好,但是对什么都很抵触。不得不说他比一般人要固执得多。"

这个搞笑的画面一定会出现在母亲的画作里。我看见她在这个对话的过程中,始终没有把视线从那个工作人员的发髻上移开。它让人不禁觉得那脑袋后面有一个橘子。

"很多人刚到我们那里的时候会抵触,"这位女士说道,"但过几个礼拜,他们就觉得像在自己家里了。而且从来没有人想要离开我们!我们关心照顾他们、爱护他们,和他们一起娱乐。他们慢慢会觉得在这里度过晚年也不错,发现生活也确实丰富了不少。您知道吗,他们甚至和席维欧一起去游泳。"

"席维欧?"父亲皱皱眉头问道。

"是的,他是游泳老师。跟他在一起,老人们中最反抗的人也会在温暖的水里变得服服帖帖。"

"必须说一下,"父亲开口道,"我没有说你们不能把他带去都是氯的水池里,但唯独希望你们好好照看他。"

一阵钢笔在纸上摩擦的声音,父亲用力地签下了名。母亲脸上的表情难以捉摸,什么都没有表现出来。那位女士合上了自己的文件夹,那声音听起来就像是断头台的铡刀落了下来。

"现在,"父亲说道,"剩下一件最难的事情——说服他。我敢跟你保证,这真的不会是让人愉快的事情。"

那位女士打断了父亲,拍了拍他的肩膀,脸上浮现出出乎意料的轻松笑容。

"您觉得有罪恶感,先生,这很正常。"

"这么说也没错,"父亲说着踮起脚尖,他脚上穿着的是方头皮鞋,"一点点的罪恶感。嗯……其实有一些罪恶感。"

"没时间,也没有那么大的空间,这就是现代生活。他在我们那里会过得更好。"

父亲的脸忽然变得柔和了,眼睛里蒙上了一层梦一样的迷雾。

"说真的,谁能想到呢?"他小声说道,"当然,您不知道他……"

他说不下去了,声音小到听不见。他盯着地板,咽了咽口水,又望向那位工作人员。

"您不知道他以前辉煌的时候是什么样子的。我父亲居然要去养老院!浑蛋!"

"我们是便利社区。您等着看吧,再过几个礼拜,您不会后悔的。"

"您都这么说了。不管怎么样,我也没有其他选择了。他简直失去理智了!这几个礼拜,简直什么正经事都做不了了。八十五岁离婚就已经够离奇了,您听过吗?然后还把自己锁在车子的后备厢里,简直莫名其妙。还有昨晚,简直了不起。沙特尔的警察给我打电话,说有个卡车司机在马路边发现了他。"

"他是怎么到那边的?"那位女士看起来很震惊。

"我不知道,他可能搭了顺风车。今天早上他就什么都想不起来了,还跟我说,'你在这儿干什么,还穿着你那双方头皮鞋?'"

大家沉默了几秒钟。那个工作人员低头看了看父亲的鞋头,嘴边露出了笑容。

"你想要我跟他聊聊吗？"她问道，"或者我介绍他认识一下未来的邻居们？"

"千万不要！除非你想来一场悲剧，你到时候会想要快点离开的。这不是什么好主意，但我也没有更好的主意了。下个礼拜就是他的生日了，如果我们干得漂亮，可能……"

我悄悄地上楼回到房间，从小书架上抽出了地图册，在里面找到了法国地图。

沙特尔。那是在去诺曼底的路上。

当天晚上更晚一些，我又给拿破仑打了一次电话。这次他很快就接了，并且好像知道只有可能是我，他立刻说道："我的小家伙！我想我们有麻烦了。"

听到他雄健有力的声音，我立刻觉得备受鼓舞。

"都好吗？"

"再好不过了。你知道发生了什么吗？你爸爸这段时间有点莫名其妙。今天早上我发现他在我家，脸还拉得老长。"

"爷爷，你坐着吗？"

"不，我倒立着！"

"我有消息要告知陛下。"

"留神，我们可能正在被偷听。不要轻易相信一切，也不要相信任何人。"

"Vi rajtas, ili deziras deporti vin.（你说得没错，他们想要流

放你。)"

这一回,沉默的时间要长久得多。电话里传来咕噜的声音,然后他问道:"我们要开始抵抗了吗?"

"请指示!"

祖母的信

亲爱的雷鸥纳:

老实跟你说,宝贝孙儿,我现在有点小麻烦,但我还是得保持礼貌。就是爱德华,我跟你讲过的那个爱德华(你也知道这个人吃法棍都要用筷子),他现在计划带我去日本旅游,然后是整个亚洲,先从北到南,再从东到西,我想你会说从他的角度看来还挺好的,但我更喜欢欧洲,尤其是西欧,欧洲的西北部也行。我也跟你说过,他对亚洲太熟悉了,他把火柴卖给他们,一辈子都从他们手里买筷子(不过如果他需要筷子,为什么却能造出火柴?还有,如果他们需要火柴,为什么不把筷子削细一点呢?我没敢问他)。

好在我察觉出他快要开口了,我就跟他说,有个针织活,在完成之前我不能出门,我当然是有自尊心的,没有告诉他我在给那个用重获新生的理由、在结婚五十年后抛弃我的前夫织一件套衫,然后我又想起了佩涅罗珀,奥德赛那个通过针织赢得时间的妻子。只要我一想到这个,就会想到佩涅罗珀是那个航海者的第一个妻子,这蠢蛋的第一个妻子!

　　从日本和亚洲旅游回来似乎都会有很大的变化,但老实说,我不明白从一趟旅行回来变化很大有什么乐趣,我觉得现在的自己就很好,每次当我看镜子的时候我还是不太清楚为什么你祖父要把我赶出门,最后我明白了,这不需要理由,我很清楚他这只老骆驼坑坑洼洼的脑袋瓜里那些东西,像骆驼的驼峰似的,他脑袋里多了去了,根本不止两个,到头来是因为他那种拳击手的自尊心。这会儿我不停地想起诺曼底的一片沙滩,那是我和拿破仑在清晨的时候去的,那是比日本还要遥远的旅途,我敢保证他已经忘了,他不是个容易动感情的人,但我记得,我替我们两个人记得。

　　千万别跟他提我跟你说的这些事情,他会觉得我在纠缠不清,这个老疯子,我要让他一个人在孤独中待着,这是他活该,除非他跪下求我,不然我是不会回去的。总之,艾德(爱德华)问我什么时候可以完成针织活,这样他才能去看看机票,我告诉他我刚刚织到袖子,还得一些时间,但实际上我已经织了一半了,他有点生气,觉得有点偷偷摸摸的,他用两只手撑着站起来,那会儿他像是要扑过来拥抱我,仿佛自己才二十岁,但问题是他把右手按在了桌子上镶着的韩国烤肉架上,在急急忙忙中他被钩住了,他发出了一声哀号,把手举了起来,铁架粘在他的手上,一直发出吱吱声,你肯定能猜到,他打消了抱我的念头。

他不得不叫了消防员,在等他们来的时间里,他咬紧牙关试图做出一个不那么痛苦的表情,但他痛得像只狗,那个铁架仍然烤着他的手,闻起来就像猪肉的味道,但我没跟他说,他保持镇定,还做了两三个俳句,那玩意儿真的很精彩。

他的手上缠了一层厚厚的绷带,我一看到眼泪就流下来了,因为它让我又想起你祖父的拳击手套,我受够了每次都要想起这头犟驴,那会儿爱德华就在我对面,因为我才会遭这种罪,消防员把他抬上车的时候,他要我答应在他好起来之后,我们就立刻出发去日本,我答应他了,因为他那会儿很需要鼓舞,他离开前对我露出微笑,咬着牙努力说道:"爱情,是痛苦的。"

消防车的门关上了,我一个人回到餐厅里,想念你的犟驴祖父,艾德那句话说得没错,那句话真的再正确不过了,我想你祖父穿上拳击手那种白色的袍子一定帅极了,可惜的是我从来没有看过他打拳击,你会觉得很好笑吧,好几次我还叫他特意为我穿成拳击手的样子,可洛奇那场比赛之后他就再也不打拳击了,很可惜,我试着鼓励他重新回到拳击场，但一点用都没有，他不想听我再讲这些了，他肯定跟你说过那场比赛被做了手脚，某种程度上这么说也没错，我现在坐在一张长椅上，湖面上吹来清新柔和的水汽，我的心很沉重，又觉得很轻松，不知道是在为我过去的生活感到愉悦，还是为当下感到悲伤，我的眼睛里为他留着过去的漫长旅途，我觉得有沙子跑进了脚指头里，照顾好他，你祖父是那种根本不知道怎么一个人生活的人，一路跌跌撞撞就到了这个年纪，根本没意识到裁判就要敲响最后的锣声了。

你妈妈说你会来我这里过圣诞节，记得给我写个小字条，把你祖父拳击手套上，还有保龄球上的字写给我，因为我不是很确定拼写对不对，我想那应该是英语吧，记得别抄错了，不然我得为了拼写把整件套衫重新拆开。

爱你的祖母

又及：你来的时候，我会告诉你什么是俳句，你等着看，这东西真的太适合用来放松了。

再及：你也看见了，我总是东拉西扯，但好歹应该还是能看懂的。

父亲把赌注押在了惊喜上。

"先不要让他知道,到最后一刻我们直接去找他,他根本没办法拒绝,等他来了,我们准备好龙虾、小红肠——他的最爱,还有蛋糕和蜡烛,祝他生日快乐,准备一些他童年时候的小东西之类的。完美的办法!一定可以打动他的,怎么样?"

他看了看自己的脚尖,补充道:"然后,好吧,我先收好我的方头皮鞋。我真的什么都做了……"

到了最后一刻,就在他准备开车去拿破仑那里的时候,忽然有个主意在他脑袋里闪过。

"嗯,你去找他,怎么样?"他问我。

"我?"

"没错,这样更好!你去他那里要装作若无其事的样子跟他说'来我们家吃饭吧'。就像什么事情都没有,他那么信任你。明白了吗?"

"明白了。爸爸,你太狡猾了。"

"千万不要泄露任何消息,你就跟他说我们想看看他。"

他踮了踮脚,在我肩上拍了拍,说:"你是我忠诚的代理人。"

我还没敲门,他就已经喊道:"进来,小家伙!"

我进去了。

他坐在客厅正中间,仿佛一个英国老绅士,然后不可思议的事情发生了,他站了起来,站得笔直,漫不经心地把手搭在他的轮椅扶手上,双腿交叉,像是笼罩在一片神圣的光芒之中,和他的白头发、白西装一同熠熠生辉。这一幕犹如显圣,他真是光彩夺目!

"你能站起来了,爷爷!你能站起来了!"

"如你所见,小家伙。我跟你说过了,不过是小小的腰痛而已。你看看那些医生说的什么!一个拳击手难道会这样就垮了?"

他笑了,轻松自在,一头漂亮的头发用心地往后梳去,还抹了发胶,喷了古龙水。

我的皇帝正在他最好的状态。

但很快我就发现他搭在轮椅上的手在轻轻颤抖着,他的笑容有点走样,细密的汗珠在他额头上微微闪光。

我看见了一个美好的画面,却也是一个我不忍看见它被破坏的画面。

"请坐下,"我说道,"我有事情要告诉你。"

他没有反对。

"你说得对,一场高级别会议是应该坐着。"

他擦了擦额头上的汗，说："我听着。"

他听得再仔细不过了，随后爆发出一阵笑声："这就是他想到的？我们去吧。这可真有意思啊，小家伙。"

他穿上自己那件袖口都磨破了的黑夹克，在一身白色上显得格外显眼。随后他有些迟疑了。

"听着，我等这一天很久了，今晚是个好机会。我宣布你不再是我的副官了。"

"啊？"

"从今晚开始，你是我的大将军了，你要与我并肩面对最后的战斗！"

我把他在标致车里安置好，把轮椅收进后排座位。夜里很冷，但夜色清朗，抬头便可望见繁星穹顶。

"我们要一直往前开吗，小家伙？一路向前，绝不停下来，或者在休息站停下来吃个三明治，在停车场睡个觉？"

"没错，爷爷，就是这样。我们去哪儿？"

"一直往前走，到海边去。去冒险，去寻找自由。一直开到……"

他在一个红灯前停了下来，红灯很快变成了绿灯，但他没有发动汽车。

"小家伙，我觉得很奇怪，有些时候我好像能把所有的东西都记起来，但有时候它们又像水蒸气一样一下子都消失了。甚至连洛奇我都得想个十分钟才能回忆起来。我总是告诉自己，这个人好像很面熟……"

我的心紧紧地揪在一起。那些我们再也无法一起做的事情，那些我生命里他永远不会知道的事情，通通压得我喘不过气来。

后面的车开始按喇叭。

"这些人急什么急！"拿破仑说了一句。

拿破仑盘子里的红壳已经堆成了一座小山。螃蟹、龙虾、海蛰，我父亲想用食物来哄骗他。他凭着拳击手的力气，几乎不费吹灰之力就把它们都砸开了。

母亲端来小红肠，虽然简单，却是拿破仑的最爱。

"你开心吗？"父亲问他。

"小红肠比大流氓强多了。"

父母亲交换了一个疑惑的眼神，那会儿拿破仑发出笑声，开始狼吞虎咽地吃起了红肠。他抬起头补充了一句："做得不太成功，但还是挺好吃的……"

最后这个点评让谈话暂停了一会儿。无论如何，对于害怕话题跑偏的人来说，最好的办法是在必要的时候闭嘴。

"天气真冷啊！"父亲终于又开口了。

"是啊，"拿破仑接了他的话，"不太暖和啊，尤其是在你家，我家里还不错。这肯定和气氛有关系。"

父亲装作没有听见，他把脏盘子摞了起来。

"你要换盘子了？"拿破仑问了一句。

"准备上奶酪！"

"别那么麻烦，我带了自己的小折刀。"祖父说道。

他拍了拍自己衬衫上的小口袋，那里面放着他那把大家都知道的小折刀，吃饭的时候他总是拿来用。

"得了，"父亲接话道，"今天我们要正式一些，你是寿星，可不是每天都过生日啊！啊呀，还是要一些礼节的！"

拿破仑听了我父亲的话，双手交叉在胸前。

"你终于有点讨人喜欢的样子了。"他的声音没什么感情。

父亲的脸上露出了感激的笑容，他望向我母亲，像要迫不及待地和她分享这种喜悦。

"别老是耍小聪明，要讨人喜欢一些。"拿破仑接着说道，"约瑟芬娜说得很对。"

"提到约瑟芬娜做什么？"父亲用一种冷冷的语气问道，"你想说什么？"

"没什么。"

"总而言之，你答应今晚大家聚在一起。这样真好，不是吗？"

母亲离开餐桌，很快端着一盘奶酪回来了，拿破仑整个人都扑了上去。

"该死的盘子！不过谢谢你，萨米。"

父亲那一瞬间的惊喜让我十分感动。

"啊，"他说，"你已经有好长时间没有叫过我的名字了。我很开心，我总是觉得你已经把它忘记了。"

"你说得没错,今天早上我不得不在家谱上找了半天。"

拿破仑努力掩饰着自己的喜悦。他像老鼠一样把鼻子凑到盘子前,随后隆重地宣布:"它闻起来非常正宗。我还以为你喜欢都是化学添加剂的那种奶酪。"

他从口袋里掏出了小折刀,刀刃在他面前闪着光。他在确认它还是不是锋利。

"我知道你喜欢奶酪!"父亲说道,"尤其是卡门贝奶酪。我记得我小时候在学校的食堂里选的都是卡门贝奶酪,就是为了跟你选一样的。"

"别说了,你要把我弄哭了。"

"别啊,你就承认你很感动嘛。你是不是很惊讶我居然都还记得。"

拿破仑笑着说:"哦,这也没那么让我惊讶……"

父亲的下巴微微颤抖着,有那么几秒钟,我觉得拿破仑要把他弄哭了,只是我母亲的眼神没让他的眼泪流出来。

"那……是什么让你觉得感动啊……爸爸?"他找回了力气,问道。

"你真的想知道?让我感动的,啊,是这整个排场……这有什么特别的意思呢?龙虾,小浑蛋……呃,抱歉,是小香肠,儿时的回忆……你还把方头皮鞋脱掉了,一定是很重要的事情!"

他用小刀扎起了一小块卡门贝奶酪,拿到眼前细细观察,仿佛在检查一块金子。然后他把它丢进了嘴里,一边嚼着一边丢给我父亲一个阴沉沉的眼神。

"我们为什么请你到家里来？"父亲小声说道，"因为是你的生日啊，老爸！我们想见你，想和你一起度过这个时刻，就是这么简单，没有什么其他的原因。还有就是因为我们要去约瑟芬娜那里过圣诞节，我们想说……无论如何我们是一家人。我们还准备了蛋糕。"

"真的是太感人了！"拿破仑说，假装在擦脸上的泪水，"那除了想把我按进鲜奶油里，你还在打什么主意？"

祖父刚说完，母亲就接上了他的话尾。她一边温柔地摸着他的头发，动作那么亲密、那么温存，时间仿佛都静止了。

"拿破仑，"她轻声道，"我想说你讲得有点太夸张了。你没有明白你儿子心里的想法……"

拿破仑耸了耸肩："他有心啊？真是个好消息。"

"确实如此，而且是一颗火热的心脏。"

"你要是这么说，那得挖出来看看才能当真。"

他盯着我父亲的眼睛看，随后说道："你要一吐为快了吗？"

父亲深吸了一口气："我们想告诉你，你不能再一个人生活了。"

"啊，很好，终于说到这里了。我还以为你打算不提这件事情了，觉得你会一直憋到最后。我不能再一个人生活了，没有其他的了。真是世纪新闻啊！你通知法新社了吗？"

拿破仑从衬衫的口袋里掏出了一根削尖的旧火柴，开始剔起了牙。母亲很窘迫，直挺挺地站在原地。

"老爸，得看看眼前这些事情，离婚，什么新生活，你还摔了一跤，再看看你是怎么对待伊蕾娜的。甚至上个礼拜……你居然在深更半夜要去沙尔特？"

"这是你说的，除了那天早晨你那张臭脸，还有你的方头皮鞋，我什么都想不起来。一起床就看到这些东西真是让人难忘。"

"那这样就更让人担心了。在学校对面有一栋房子，住在那里你会被照顾得很好。你在嘀咕什么？"

"我在说你准备的奶酪很棒，我想起了1942年在波士顿的时候也吃过这么好吃的卡门贝奶酪。波士顿，1942年，你明白了吗？"

然后他闻了闻自己的牙签。

"别这样做，太恶心了。"我父亲喊了一声。

"再恶心也没你跟我说的话恶心！"

他闭上一只眼睛瞄准，把牙签丢向垃圾桶，结果它飞进了一个花瓶里。

"失误！"他说了一声，随后露出一个挑衅的笑容。

"我们觉得，"父亲继续说道，"有一天你可能会想要一些朋友，一起做各种各样的事情，你知道的，比如说他们会一起做陶艺……"

"狗屁，什么陶艺……"

"说到底，我们在关心你。你就真的不想认识一些跟你一样的人？"

"你倒是说说，你觉得什么是'跟我一样'的人？"拿破仑冷冰冰地问。

无论说什么，父亲都踮着脚。过了一会儿他就松开了自己衬衫的领子，拿破仑接话道："总结一句，你们就是想流放我，是不是？！"

"你在瞎说什么，老爸，我们又不是要把你送去集中营，你要去的是便利社区。"

"Kia gastameco, fik', ĉu ne Bubo！（便利个屁，对不对小家伙！）"我笑了，父亲低声问我："他说什么？"

"没什么，他说你真的太好了。"

父亲朝拿破仑走了几步，蹲了下来，这样他们就在一个高度了。

"总而言之，爸，一个会有人照顾你的地方，在那里你不会有危险的，而且你会过得很开心，还有音乐剧表演。得看到眼前的情况，你已经失去所有的伙伴了。"

"说起来是他们太脆弱了，这没什么好说的。"

"我们会经常去看你的，也不远。而且那里很漂亮，花园里还有迎春花。"

"迎春花闻起来有股尿骚味。"拿破仑说。

"这个地方每个月得花我一大笔钱，我真的看不出来它和集中营有什么关联。"

"不管贵不贵，没有人会心甘情愿去那里的，而且没有人活着从那里出来！这两点难道和集中营不一样吗？"

父亲叹口气，泄气了。他拍了拍拿破仑的膝盖，然后站了起来。

"如果你喜欢住在那栋跟你一样老的破房子里，哪怕你不小心一把火把它烧了,或者你想要在那辆404的后备厢里吃狗粮,都是你的自由,我不管了。"

"这可是你说的,这是我的自由。谈判破裂了吗?"拿破仑笑着问。

父亲努力用一种愉快的声音说:"来吧,时间过得真快,我们要来吃你的生日蛋糕了。你最喜欢的蛋糕,加了非常多的奶油。它可以让我们冷静下来。"

"快来吧!"拿破仑说道。

母亲把蛋糕捧了出来,走得小心翼翼,生怕蜡烛被风吹灭了。

"吹蜡烛吧,爸。如果你没办法把它们都吹灭,我们帮你。"

"一,二,……"

不过几秒钟,奶油被拿破仑吹得飞了出去,从我父亲脸上流了下来。

"你说什么?"拿破仑问,"要帮我,是吗?"

他久久地看着我母亲,开口道:"我想说的是,鲜奶油实在太棒了!"

那声音里透着兴奋。相反的是,父亲错愕得哑口无言,又生气又羞耻地挥着双手,就像一个在马戏团场中央的滑稽小丑。我忍不住低下头。

"你知道你的问题在哪里吗,爸?"他突然问道,声音在颤抖,"你会知道的,它们放在哪里?"

他消失在一阵风里。

"他去哪儿了？"拿破仑问，投给我母亲疑问的眼神，"什么刺激到他了？我们笑得好好的……"

母亲的手轻轻地颤抖着。

"不，拿破仑，没有人笑。你让我也觉得很难受。"

"抱歉，这是殃及池鱼。"

"你儿子不应该被这样对待。"

"他自己为什么不去，如果那个给愚蠢老头住的地方那么好。"

地下室的门开了，几秒钟之后，父亲从里面冒了出来。

"这就是你想要的吗？"他尖叫着，那声音几乎让我认不出他，"这就是你想要我变成的样子吗？你想看见我这个样子是吗，爸？"

他烦透了这个字：爸，爸，爸。

他戴着巨大的拳击手套挥舞着。

拿破仑吓了一跳，有点不知所措，他试着敏捷地应对这个情况，装出习以为常的样子，但他一句话都说不出来。

"快住手。"他咕哝道。

父亲在他面前笨手笨脚地挥舞着拳头，像个木偶一样。然后像是得分了一样，他在原地蹦了起来。

"混账，"拿破仑说，"不要再表演你的马戏节目了。"

但父亲不断追击，把拿破仑的防守击得粉碎。他伸出自己瘦弱的胳膊，不情愿地把一条腿搭在另一条腿上，蜷缩在自己的位置上，做着可怜兮兮的坚守。他圆圆的肚子在轻轻地起伏着。他看起来简直是一个拳击手不堪而荒谬的肖像画。那么一瞬间，他显得有些可怜又滑稽,但随即他恢复过来了,显得有点幸灾乐祸。

"这就是你希望我该有的样子,是不是?这样我才是你的儿子?唯一可能让你喜欢我的,就只有这该死的拳击手套。"

母亲又一次躲进画笔里,在蛋糕的包装纸上记录着这一幕。

"快停下来,停下。"拿破仑说。

他用胳膊挡住眼睛,仿佛父亲在他面前挥出的拳头就要打在他身上了。我从来没见过拿破仑这般严阵以待的样子。

"没错,在拳击场上,或许你会更严肃地看待我,或许我在你眼里是什么小丑之类的东西。但事实是我们没的选。我不像你,你那个脑袋怎么就想不通这个事情!"

"浑蛋,我要走了。"拿破仑说,"什么狗屁东西!"

"你要去哪儿?"父亲喊道。

"我要去死。我在地窖里藏了手榴弹,现在就去把它拉响,给那些老头一个漂亮的烟火。让我过去。"

他试着把轮椅转出来,想要后退,但父亲挡住了他的去路。

就在那一秒钟,如闪电一闪而逝的瞬间,我们看见父亲看起来就像一个真正的拳击手:他在防守,腿部微微前倾,耸起肩膀,让自己在拳击手套后窥视着一切,他的膝盖充满力量,坚定却灵活。这一切看起来和一个伟大的拳击手没有两样。

这个画面只持续了短短一瞬,却让我的皇帝和我感到震惊。我察觉拿破仑被眼前的这一幕所感染,几乎都要哭出声来。

但一切都结束了。父亲又变得迟钝了,沉浸在对自己胆量的震惊之中，看着自己手上的手套，就像刚刚发现它们一样。

"你看吧，"他说，"你甚至都不觉得我值得拥有一双新的手套。它们总是太大了。现在它们都臭了，是你把它们放在那里的，对不对？"

母亲朝着父亲轻轻示意，让他冷静下来。拿破仑的这场仗打输了，再苛责他毫无意义。

拿破仑转过身背对我们，望着落地窗外，细雨夹着冰霜从漆黑的天幕上落下来，他仿佛沉浸在冥想之中。

突然，他转过身来说道："既然你把所有的把戏都玩完了，那你知道什么能让我开心了吗？"

星期六晚上的默伦保龄球馆遍地都是年轻人和啤酒泡沫。有些人在这里是为了忘记自己下个周一已经不再有工作了,而有些人则是为了忘却自己还需要工作。所有人的眼里都只有保龄球和那十只球瓶。

拿破仑一路和别人击掌碰拳,他的幸运球道已经预约好了。他带着我父母去了租鞋的柜台。

"37码和42码?"工作人员说,"这位女士需要的鞋没问题,但这位先生的尺码……我们只剩下39码了。"

"没关系!"拿破仑说,"这就行了。总是得穿点小鞋……"

我父母亲换鞋的时候,我帮拿破仑穿上他那双漂亮的鞋子。

"别忘了打两个结,小家伙。"

随后他开始甩手臂热身。

"这看起来还挺简单。"父亲看着那些正在俯冲的玩家说道,"倒是这个鞋,我不太确定,总觉得……"

他脚都弓起来了,把手搭在母亲的肩上,走得很艰难。

"你确定就得穿成这样吗?"母亲向祖父问道,"他很难受。"

"我跟你们说过了这有点小,"拿破仑说道,"显然是因为总是穿方头皮鞋……好了,我们过去吧。你需要润滑剂吗?"

"不需要,你等着看。"

我们确实看见了。

接下来的两个小时里,父亲几乎每次都只撞倒一个球瓶,此外,保龄球还在他脚上的大拇指上砸了五次,在他鼻子上撞了三次。他一跛一跛地朝着球道跑去,然后把保龄球丢出去,但保龄球就像粘在他手上似的,落在木地板上悲惨地蹦几下,随后就洗沟了。

与此同时,拿破仑坐在轮椅上,我推着他在木地板上前进,他优雅而潇洒地把那颗黑色的保龄球抛出去。在保龄球碰到球瓶之前,他就转身背对球道,等到听见球瓶撞在一起的响声时,他就喊:"全中!"他有时候没拿到分,在球瓶东倒西歪的声音里,他就会说:"看啊,有个人很任性啊,在中间那里。"

那是我母亲,她没过不久就放弃了,对她而言观察这个小小的世界更有乐趣。

"你要专注一点,"拿破仑说道,"别老是撞一个瓶子,你得用一个漂亮的撞瓶来结尾!放松一点,你太僵硬了。"

"你在搞笑。"父亲抱怨道,"这双鞋真的……"

"我跟你说过了,它们穿起来就是这种感觉。来,像放屁一样给它来一炮,这样绝对漂亮多了。"

这句话在我们周围引起了一阵大笑。

"哦,好吧,嗯。"

祖父朝我使了眼色:"Grandajn batalojn onivenkas lastminute, memoru tion, Bubo.(伟大的战斗都是在最后一刻获胜的,要记住这一点,小家伙。)"

再过一些时日,我一定会再想起这句话,但那时应该会觉得又温馨又难过吧。

"他说了什么?"父亲一边问我,一边准备俯冲。

"没什么,他说你的姿势很正确。"

他往前冲去,但保龄球并没有被抛出去,反而挂在他的手指上,父亲往前摔在球道上,那颗保龄球就像一颗鱼雷,拖着他一路前进,直到撞上球瓶。

"狗屎一样的全中!"拿破仑说,"方式值得商榷,但看得出来很有想法。"

父亲把头从球瓶里抬起来,他的下巴擦破了,手指头还卡在保龄球里,他一瘸一拐地回到我们这边,边上围满了看热闹的玩家,要么满脸钦佩,要么满脸嘲讽。母亲试着帮他把手指头从保龄球里拉出来,他偷偷地躲到她身后。

"没办法,"她说,"它被卡住了,你的手指头一定是肿起来了。"

"说真的,我不想再玩下去了。明年你千万提醒我一定要忘记他的生日。"

母亲吓了一跳,愣了好几秒,然后她后退了一步,仿佛沉思一般地注视着他。

"怎么了?"父亲问,"你干吗这样看着我?"

"没什么。我觉得你很帅。"

"手上卡着保龄球,脸上破皮还跛脚,这样很帅?"

"很帅是因为你很脆弱。一切脆弱的都是动人的,你没发现吗?"

父亲耸了耸肩,甩了甩手上的球。

"我保证好好思考这句话,但现在还有更要紧的事情,我要怎么开车?"

他扭头对拿破仑说:"你都料到了,对不对?这就是个阴谋!"

拿破仑耸耸肩,抛着手里的黑色保龄球。

"我不想回答。轮到我了!"

从他的眼神和小动作里,我知道这次我的皇帝要独自行动。

突然之间,像是被弹簧推了一把,他站了起来。父亲的下巴都要掉了,他忘了手指上的保龄球,一放松,整个人被保龄球猛地往下一拽,失去平衡,摔在了母亲旁边的长椅上。

一阵死寂。没有球瓶倒下的声音,也没有保龄球滚动的声音。周围的玩家开始发出一长串的声音:"噢噢噢噢噢噢噢噢!"

拿破仑的步伐有点不稳,像机器人一样迈得小心翼翼,但他朝着球道而去,宛若君王一般,用自信又居高临下的眼神扫视着周围的围观者。

这是永恒的皇帝。

还有三米,两米,一米……他来到了球道前。

短短几米的小冲刺……右脚在后，左脚向前，膝盖弯成九十度。关节像是被牢牢锁住，宛若完美的几何图形。他的保龄球飞跃而出，犹如一只重获自由的黑色鸟儿。

所有人都睁大了自己的眼睛。突然，有几个人鼓起掌，四个人，十个人，很快响起雷鸣般的掌声。拿破仑向大家致意。

只有我看见他的笑容有点僵硬，下巴咬得紧紧的，整个人都在微微晃动着，仿佛我无数个夜晚中看见的大树。我不动声色地把轮椅推到他身边。

"Dankon Bubo, post dek pluajn sekundojn mi cedus! Kaj li povis deporti min kiel plukita floro.（谢谢你，小家伙，再站个十秒我就不行了！然后他们就可以把我流放了。）"

"他说什么？"父亲问我。

"没说什么，他说他现在都能跳舞了！"

一个小时后，我们在他家互道了再见。下雪了，他的轮椅在地上打滑。接下来我们会有一些日子见不到面，假期就要到来，我们很快要出发去看望约瑟芬娜。

"你想让我告诉她关于你的事情吗？"

"告诉她一切都好，小家伙。"

雪花一片一片落在了玻璃窗上。

"还有，我很想她。"他又说道，"有点想她。不是每天都想，但有些想她。"

他又想了一会儿，开口说："浑蛋，你告诉她，我经常想她。"

我扶他上床睡觉。他盖好毛毯和被子，让我靠过去，他在我耳边轻声说道："小家伙，你知道吗，很多事情到现在已经都离我而去了。大多数我都不在乎，但唯独那片海滩的名字……我花了很多个晚上去回忆，但一无所获。你知道的，就是那片和约瑟芬娜有关的海滩。所以，如果你能做到，记得要不动声色，一点一点地……"

"我保证，你也要好好睡个安稳觉。"

两天后,我们驱车穿过漫长的雨幕往南去约瑟芬娜那里。

经历了生日聚餐和保龄球馆的那天晚上,父亲一直没有从拿破仑的折腾中恢复过来。他也没有再提起任何关于便利社区的事情。所有的谈话只围绕着他的银行事务,还有他的工作,或者是我那份他觉得无可指摘的期末成绩。

我们停车加油。父亲思绪游离,油都从油箱里溢了出来。我们过收费站的时候,他把车停得太远了,根本没法把卡插进机器里,最后他不得不下车,把自己卡在人行道和车门之间,才终于付费成功。付完钱之后,他呆呆地坐在驾驶座上望着前方,栅栏杆早就已经升起来了,他却迟迟没有启动汽车。终于,他像憋了很多天一样,大声说道:"我在思考一件事情。可能你们会觉得很奇怪,但是怎么说……是不是……"

"是不是什么?"母亲问道。

"我也不知道,但你们那天也看见他站起来了。毫无疑问,我们看见了,我不是在做梦吧?"

"不是。"

"但是，你应该也记得医生确实说过他这辈子不可能再站起来了。可以抬抬腿什么的，但站起来是不可能的。你应该也记得清清楚楚。他是不是，我也不知道，是不是有一种可以自我恢复的东西，一种什么血清。我在图书馆里找了些东西读，上面说有些昆虫可以做到这点，然后它们可以活上一百年，甚至一百五十年。"

"拜托，塞缪尔，"母亲说道，"你父亲又不是昆虫。"

她随后觉得这个回答似乎不是很对父亲的胃口，又说道："但这确实很奇怪，让人怀疑科学。"

"然后我还想起来，"父亲说道，"我小时候，有一次我们一起去度假，那地方离核电站不远。我们去泡温泉，那水非常烫，还有点绿色。他说那一带有个含水层，如果这是真的话……那水池里到处都是藻类，拿破仑还说那东西对身体健康有好处，也可以做成很棒的沙拉。某种辐射就在那里面，你们猜……"

他开着车，扭头看我："雷鸥纳，没准你爷爷是个变异人！"

当天晚上，约瑟芬娜拿出她的针织作品给我看。完成了一半，袖子也都织完了。眼下最难的是要用白色的线在上面织出"为胜利而生"。

"再过几个礼拜就能织完了，"约瑟芬娜叹了口气，"我的那个追求者，你也知道，爱德华，他一直在等我织完这个，要带我去亚洲。"

"我不知道他能不能让我提起兴趣,想不明白!那个线头,看到了吗,你想不想拉它?"

"拉完你就要重新织了。"我有点犹豫。

"不要拉太多,拉下来一些就好了。这样能多拖一点时间。这是个老把戏了。"

扯下来的毛线越缠越多,快要开始乱成一团的时候,她就让我停下来,用一种略带忧郁的声音说道:"别扯太多了,我还希望拿破仑能有些时间穿穿它。这就是问题所在啊,时间这种东西,你永远不知道是拖住了时间还是失去了时间。"

刚到的第一天,我就把亚历山大的帽子给了她。她仔细看过之后,说保证能修复它。我跟她特别说了绣在帽檐上的几个字。

"一定要把这两个'R'留着。第一个'R'指的是罗契科,第二个我就不知道了。但我觉得这两个字母一定对他很重要。"

约瑟芬娜过得挺好。她甚至还胖了一点,脸色看起来更年轻了一些。然而她身上那种隐秘的忧伤,就像她戴着的项链一样从未离去。我觉得她比拿破仑要年轻多了,有点难以想象他们在一起时的场景。他此时此刻在做什么呢?我忍不住想象他一个人待在床上,胳膊贴着他瘦小的身躯,拳头紧紧地握着。我还试着想象亚历山大的圣诞节会怎样度过,但脑袋里没有任何画面。

母亲迫不及待地拿出了她画画的工具。她大部分时间都花在了她膝盖上的速写本上,她就坐在公园的石头长椅上,沉浸在纸笔之中。父亲则忙着收拾一个古老的谷仓。我陪着约瑟芬娜，帮她提买来的东西，她和所有人打招呼，询问着每个人的近况，仿佛她一直以来都住在这里；在一个咖啡馆前，我看着她填好了自己的赛马单子。

"我对这些马一点也不懂，都是随便乱填的。"

隔天我们会一起对奖，她选的赛马总是最后几名。

我陪她剥了好几公斤的豆子，但我们从来没有煮过那些豆子。

"我唯一喜欢这些豆子的点，"她跟我说，"就是剥它们！剥豆子让我冷静，那么些时间里我什么都不想。别人玩保龄球，我剥豆子！"

我还陪她一起看有点蠢的侦探连续剧，每次刚看完前五分钟就能猜出谁是凶手，看电视剧的时候她总是在修补亚历山大的帽子。

实际上我们都非常想聊一聊拿破仑，每当我们沉默不语的时候，仿佛都在提醒我们他不在这里。我们想起他的脸庞，他头上像花园中生长的草木一般厚厚的灰白头发，还有他在结霜的玻璃窗上敲打的拳头。

"你知道吗，"在我们到达的几天后，约瑟芬娜跟我说，"我总是在考虑自己是不是应该去养老院待着，而不是还想着去亚洲到处跑。应该休息了，不要再管任何事情。养老院一直以来都是让我挺向往的地方。"

她让我靠近一些，在我耳边说道："别告诉别人，几个月前，比我们离婚前还早一些，我就去问了双人房的事情。但我一直不敢跟你那个犟驴爷爷提这件事。"

我心想：这样一个温和的人是如何和飓风一样的拿破仑一起生活的？但我也告诉自己，一个永远在反抗的人需要和另一个顺从的人互补。反抗的人无法和反抗的人生活在一起，但生活在一起的人就是能生活在一起，就是这样。

有天晚上，我们正在拣扁豆，我的脑海里忽然浮现出洛奇的面孔，我问她："你还记得洛奇吗？"

我看见她的手在一堆扁豆里停住了。

"洛奇？洛奇，等等……"

"拿破仑的最后一个对手。"

"啊，没错，我想起来了：那个意大利人！那场动了手脚的比赛！"

动了手脚的比赛，老生常谈了。又是动了手脚。

"你怎么会想起这个？"约瑟芬娜问道，"那已经是很久以前的事情了，也不重要了。所有人都已经忘记拿破仑和洛奇了。而且洛奇去世已经有几十年了，而拿破仑……"

她沉默了几秒钟，然后又说道："拳击手的黄金时期很短暂，靠不住的。"

我说："有些事情我想不明白。那场比赛之后没过几个礼拜，洛奇就去世了，他那时候应该已经很虚弱了，他和拿破仑面对面……"

约瑟芬娜看着自己前面，我心想她有没有在听我说。我接着说道："那既然这样，拿破仑为什么没有打败他？那时候是拿破仑最强大的时候。前五轮他都尽全力在打,为什么在休息之后,突然就没有力气了,变成了一个木偶?这怎么可能?!洛奇又占了上风,他还得分了。"

约瑟芬娜看着我,她眼睛里闪烁的快活气息落在我身上,让我甚至有点恐惧。

"我有些事情要告诉你。"她突然说道。

我的心怦怦地跳了起来。

"关于洛……洛奇吗?"我结结巴巴地问她。

约瑟芬娜耸了耸肩。

"不是,是一个我从爱德华——我的那个追求者——那里知道的东西,让人惊奇的东西。"

她的眼睛微眯,把食指放在鼻子前,用一种冷静而文绉绉的语气说道:"且听青青草,风起,过云雀。"

沉默了几秒钟,她又开口道:"时光流水,静看沉寂,一望乱汝心。"

她轻轻摇着头,犹如睡在被微风吹动的摇篮中,又好像在时间之中,在沉默中,在风中。

"这是什么,奶奶?有草,有风,还有看着沉默的眼睛。"

"俳句。"

"排句。"

"单人旁的俳,俳句。日本的一种诗歌。"

它们那么短,那么美,那么陌生。清明透静,仿佛我母亲的画作。多亏了爱德华，约瑟芬娜才知道了俳句。

"俳句要触及万物的消逝，你明白吗？"

"消逝是什么，我不明白。"

"消逝，就是万物都在逐渐消失，在它们彻底随风而去之前，要试着去抓住它们。大概就是这样。通过俳句，你能抓住万物最后的一瞬间。"

我在心里告诉自己，她是因为年纪才了解关于消逝的哲学。

"你还想再听一首吗？等一下……'云在天上飘，侧看三桅帆船前，有缭乱暗影。'你也来试试。"

"你觉得可以吗？"

"当然可以。只要你把注意力放在某个活的东西上，或者至少大自然中的某个场景，然后试着脑海里只有这个东西或者这一幕。当你到达这一点，试着想象它消失前的那一瞬间。"

我尝试了。起初想到了我母亲和她的画作。随后我想起了梦中那些大树，它们在我的思绪中站了起来。我觉得我的皮肤盖满了树皮。

"大树如巨人，它们的根在空中，发梢在天上。"

"太棒了！你很有俳句的天赋，太好了。"

我们尽可能地庆祝了圣诞节，拖拖拉拉的，还有点随意。

大家小心翼翼地说着话，避开各种回忆，直到后来礼物分散了注意力。约瑟芬娜送了我一台遥控摩托车，我高兴得差点跳起来了，简直开心疯了。

父亲则给她带了台大电视来，他一直把它藏在汽车的后备厢里。

"这太棒了，但我已经有一台电视了。"

"没关系的，"父亲答道，"这台更好。它的荧幕很大，而且是高清画质，还有遥控系统！"

她对他说了谢谢，但她还是更喜欢旧的那台。她还宣布自己绝不使用遥控器。

"为什么？"父亲问道。

"因为这样像是已经自暴自弃了。每次在地铁站，拿破仑都义正词严地拒绝坐电梯，他说那意味着都要结束了。对我来说这也一样。如果哪一天我开始用遥控器了，那说明我真的老了！"

我帮父亲把电视机摆好，但他完全不知道怎么连接那些线路。

这台大家伙亮了起来。大家都猜拿破仑会出现在屏幕上，但不是，那是一个关于骆驼的报道。

我们准备了一个四层蛋糕，吃了三层就够多了，但我们还是一直吃到最下面那层。

"来吧，"父亲说道，"我们来开香槟。圣诞节总是要香槟的！"

他让我想起了那些在空空的舞台前还在卖力扮演的小丑。约瑟芬娜轻轻地抿了一口，起初她还在犹豫，很快就爽快地喝起来。过了会儿，她把香槟杯递过来，要求父亲再给她倒一杯，父亲不敢拒绝她，随后她又一饮而尽。然后她把已经修复好的亚历山大的帽子戴到自己头上。用袖子擦完嘴，她打了个嗝，还吓到了自己，这仿佛是她这辈子第一次做这样的事情。

就是从这一刻起，一切都彻底失控了。

她的脸变得通红，眼睛里开始冒起泡泡。她把下巴紧紧咬住了，我都能看见她皮肤下的肌肉在抖动，终于，她开口喊了出来："混账！狗屁！下流！去死吧！"

大家都被吓了一跳，约瑟芬娜整个人转过来看着我。

"是吧，你是不是终于要跟我说说这个重新开始的故事究竟是什么意思？我去他妈的重新开始！"

整个晚上，甚至是从离婚以来，她一定是在心里压抑了太多东西，此时此刻终于被香槟的泡泡重新带了上来。她开始摇摇晃晃，父亲冲了过去。

"妈,你真的不去睡一觉吗?"

"放下你的手,塞缪尔,我自己能站着。重新开始……我知道他是害怕,像每个皇帝一样。他觉得我很蠢吗?我瞎了吗,什么都没发现?他就是不想让我看见他人生的最后一程,这个可怜的蠢货。"

"妈,你不太对劲。"

"不不不,我从来没这么好过。今天不说出来,迟早也要面对。"

她抓过还有半杯酒的香槟杯,父亲没来得及抢过来,她就一饮而尽。她把手一松,杯子掉在地上碎了。

"啊,杯子,我的杯子!"她忍着打嗝说道。

她大笑起来,随后又说:"啊,很好啊!我有这么一个傻瓜!每次我一想起来……什么不让我看到他最后的样子!但这就是我最想做的事啊,我想和他一起走到最后啊。他怎么这么固执,这只老骆驼,他居然可以什么都不解释就离开,把那些东西都压在心里。"

"要解释什么?"父亲困惑地问她,"你说什么东西压在心里?"

约瑟芬娜把手交叉抱在胸前,赌起气来。

"没什么。我自己知道就行了。再说了,我也已经开始新生活了,这是一种时尚嘛。"

父亲犹豫地说:"那今晚我们要看电视吗?"

"今晚不看,而且,看看我对你给我的遥控器做了什么!"

她起身进了厨房,几秒钟后传来她的声音:"在垃圾桶里!"

她很快回来坐到沙发上,把亚历山大的帽子摘下来递给我。我把它戴在头上。

"雷鸥纳，你知道要做什么才能重新开始吗？嗯？"

我从眼角看见母亲正在把这一切细节都记录下来。

"如果拿破仑也在，"约瑟芬娜又说，"他会做什么来重获新生？我等着瞧。"

她笑了。我的视线落在她收到的一本广告册上，我指了指那上面的东西。

"太空舱？"约瑟芬娜问道，"太棒了！我们去坐，没问题！"

我想象着她已经坐在透明的太空舱里，被高速地抛了出去，太空舱被两条巨大的弹簧绷着，她就在那上面来来去去被甩了好几分钟。

"妈……妈，"父亲结结巴巴，"你知道自己在做什么吗？"

"我很清楚自己在做什么，而且我这个年纪要做什么也不需要经过你的允许了。你只要管好你自己的事情就好了……"

电话铃声尖厉地响了起来，我们脑海都闪过一个念头：拿破仑要来撒一把盐，然后宣布他也要坐太空舱了。

"来得正好，这头犟驴，"约瑟芬娜说道，"我要告诉他我是怎么想的！"

她接起电话，眼睛忽然睁得老大，嘴巴也惊讶得合不上了，但她却只是略带失望地说道："啊，是您。声音很奇怪？不会，没事，都很好。没错，也祝您圣诞快乐。没错，没错，复活节也是。没有啊，我没什么奇怪的。"

她用手遮住话筒，轻声说："是爱德华。"

又听爱德华在电话里讲了几分钟，她的眼神有点迷离。突然，她呆住了。

"结婚？和您结婚？这样……说实话，也没什么不好。您提得正是时候，我正想重获新生！我喝醉了吗？没有，我很清醒。我要考虑一下，当然，是的，我很快给你答复。"

她傻笑着挂断了电话。

"他已经深思熟虑过了。'为胜利而生'，放屁！他还以为我要等他到猴年马月？现在，立刻去坐太空舱。"

就在她回房间找衣服穿的时候，父亲有点结巴地跟母亲说道："我是不是错过了什么，我妈，她……"

"什么？"

"她刚刚说要结婚了？"

母亲抿了抿嘴唇。

"好像是。"

集市上人满为患，广场上的灯光投向天空，像一条条冰火。约瑟芬娜走得摇摇晃晃，不时需要我们扶她。太空舱就被安置在正中心的位置，像是一个挑战，它正放出可怕的光芒。

"很好，"约瑟芬娜说，"等玩完太空舱，我就是另一个人了！我也要开始一段新的生活了。"

"你当真吗，妈？你好几次玩这种东西，隔天就……你还记得上次的碰碰车吗？那还是不怎么剧烈的。"

"得了得了，跟我说话别像跟在重症病人讲话一样，你那套自己留着用。不能因为我没有打过拳击就没有权利重新开始了。"

她安静了几秒钟，又接着说："只有共同分担才能永恒！"

我们不得不谎报年龄，因为我还不够玩的年纪，她则是有点超了。

三分钟后，我们坐在太空舱里，双腿悬空。我觉得还好，约瑟芬娜则是不停地傻笑。又过了几秒钟，弹簧吊带正在绷紧。父亲和母亲看着我们，他们两个人很担心。有人看见了约瑟芬娜，说道："她也太有勇气了！"

"那是我母亲！"父亲骄傲地说道。

倒计时开始了。

最后的时刻。

"奶奶？"

"怎么了。"

"你知道的，那片海滩……"

"海滩？什么海滩？"

"你知道的，就是拿破仑的海滩。"

"啊，没错，拿破仑的海滩。"

"等我们下来，你能告诉我它在哪里吗？"

"我会好好跟你说的！"

在回家的路上，约瑟芬娜吐了三回。她比个手势，父亲把车停在路边，她立刻狼狈地冲下车。

"我受够了，"父亲咕哝道，"都这个年纪了，他们就不能消停点吗？！我父亲，好吧，我认了，也习惯了。我早就知道他是个炸弹，也很清楚他的喜好，我一直被折磨着。但是约瑟芬娜，一直很温和的约瑟芬娜……现在搞这出结婚的戏码。我觉得自己需要放个假了，真正的假期——去一个没有人能给你搞破坏的地方，也不用管任何人，每个人都只关心自己的那种地方。"

"那不就是养老院！"母亲说道。

"你们这群浑蛋在聊什么？"约瑟芬娜蹦进车里，问道。

她随后就睡着了，像火车头一样打起呼来。一到家，我们让她躺在沙发上。三个人看着她，都在思考着什么。

"真是让人想不明白，"父亲说，"他们睡着的时候那么与世无争，等他们一睁开眼睛就又一片混乱！"

约瑟芬娜好像听见了一样，睁开了眼睛。她的眼睛神采奕奕，眼神凌厉。

"好一些了吗？"

"嗯。"她的声音很沙哑。

"要去睡一觉吗？我觉得天快亮了。"

"现在先不睡。把电话给我，我考虑好了。"

"啊，太好了，"父亲松了口气，"我很高兴看到你这么理性。夜晚总是给人忠告，有时候喝一小杯有助于思考。"

他把电话递给她。她立刻拨出了号码。

"喂,爱德华?是我,约瑟芬娜。关于结婚的事情,我同意。我已经弄完针织活儿了,你想去哪里?亚洲吗?如果你想去的话!湄公河?很好啊!还有巴塔哥尼亚,如果你想去也行!它不在亚洲啊?啊,那算了!总而言之,我已经准备好开始新生活了!"

她挂掉电话,低声说道:"拿破仑就算了!得了,他心安理得。"

当她看见我父亲的臭脸时,她说:"你有意见吗?"

父亲缓缓地摇了摇头,他了无生气的眼睛里没有任何情感,只有泄了气地听天由命。

"没有,没有意见。"

"你看起来心事重重。"

他抬起头。

"我没有什么心事,不过我想去睡一会儿。"

我一个人留下陪约瑟芬娜。四下里静悄悄的,她示意我跟着她去了房间。她从自己的床头柜的抽屉里拿出一个小香水瓶,她拧开瓶盖,把瓶子递到我鼻子前。

"怎么样?"

"好香,很特别的味道。"

那是一种难以言说的味道,有点太浓烈了,虽然很棒,但稍纵即逝。

"美妙时刻的气息。把你的手伸出来。"

她把瓶子倒过来,是沙粒,金黄色的沙粒,犹如混杂晶石一样，闪烁着光芒。

"哦，不能倒太多。得把它们留到我老的时候。"

"海滩。"我轻声道，"那片和拿破仑一起去的自由海滩，幸福的海滩。"

"别跟那个犟驴说，他会觉得这很矫情。"

"嗯。"

这是一个低声交谈的美好时刻。

"你知道吗，他经常想你，几乎无时无刻。"

"他就不能自己告诉我吗？他把电话卖了？"

"他有个木头脑袋，你也知道。但他的心很柔软。"

"只要他让我回去，我就回去。等一下，你过来看这个……"

她在床上打开一张旧地图。

"这里！就是这里！"

一个小小的像雨伞一样的标记被黄色的蜡笔圈了起来。地图很旧了，那片海滩藏在折痕之中。真是令人难以相信，一切就是从这个海滩上开始的。我有一种感觉，地图上每一条路都在指向这个小小的地方。

"你知道吗？"祖母问我。

"嗯？"

"有些时候，我总觉得脚指头里还有沙子。"

隔天早晨风平浪静。

"打起精神来。"母亲在吃早餐的时候说。经过昨晚的大吃大喝之后,大家都想休息。

清晨的时间一点一点过去了,约瑟芬娜一直没有起床。

"实话说,"父亲开口道,"我倒是不着急。看看她醒着的时候那乱七八糟的事情!让她好好休息!"

我在花园里玩我的遥控摩托车,但很快就觉得无聊了,便坐到母亲身边看她画画。她的笔触简练而敏捷,草木枯败的花园在她笔下仿佛正在生根发芽。

我翻看她的笔记本,过去的几个月仿佛在我眼皮底下重演。那几分钟,我魔法般地回到了祖母离开那一天的里昂车站。母亲还在背景上画了个时钟,标注了这场分别准确的发生时间。

随后我停在了我们在咖啡馆那一幕,我们四个人都在,约瑟芬娜不在。

"拿破仑板着脸,"我说,"你觉得是这样的吗?"

"他心里确实是这样的。"

我没有在他眼里见过母亲画出来的这种忧郁光芒。

"这一张,妈妈,这是拿破仑跳舞时摔倒的情形,可是你没有亲眼看见呀!"

"没错,是我想象的。当时是这样的吗?"

"一模一样。你简直像藏在什么地方。"

我突然意识到自己是在找一张非常详细的场景。那张画作占据了整整一页,映入我的眼帘。

"我知道那一秒钟让你印象深刻,"母亲对我说道,"你爸爸很帅,对不对?"

父亲完美的姿势又一次让我惊诧不已。我把手放在画上,这样我只能看见他的半身,他的脑袋,还有他抬到自己下巴前戴着拳击手套的拳头。我心里涌起一股难以言说的慌乱。

母亲拿过她的笔记本,又翻了翻,撕下了其中一页。

"你可以把它给你的朋友。"

是亚历山大·罗契科的帽子。母亲细心地把两个字母也画了上去,我相信亚历山大会注意到这个细节。在画纸上,母亲仿佛躲在时间里,躲在万物的消逝中,躲在一切之后。

这时候,父亲推开窗户,示意我们有客人来了。

"是那位谁来了,"他小声说道,"那位追求者。"

爱德华看起来就像圣诞老公公,戴了一顶皮帽,还把防风绳在下巴的位置打了个结。他的脸是圆的,脸色苍白,但脸颊却红通通的。他的脚上穿了一双软皮靴，皮革上的毛长得碰到了地板。他鼻子下还有一小撮胡须，那胡须看起来跟鞋上的皮毛是同样的材质。我简直无法把视线从那双鞋上移开。

"牦牛毛。这双鞋是我在蒙古国买的。"

然后他开始自我介绍。

"我叫爱德华。"他说这话的时候身体微微前倾，"你们可能听过我？"

从第一眼见到他，我就觉得他有一种东方智慧。对拿破仑来说，这显然只是轻量级的选手，虽然看起来有点傻，但他的笑容太温柔了。他向我们伸出了他还缠着绷带的右手。

"我在翻汽车发动机的时候烫伤了。"

在场的只有我知道他说了谎，但这个谎言却立刻让我觉得他变得亲切了。很明显，他是来找约瑟芬娜的。

"她还没有起床，"父亲低声道，"她昨天晚上有点太……激动了。"

他们让爱德华坐到沙发上，随之而来的是一阵长久的沉默，大家实在没有什么可聊的。约瑟芬娜迟迟没有起床。

爱德华拉开了外套的拉链。

"来一盘？"他用下巴指了指一个长长的木头盒子，上面镀了金，看起来就像是一个古老的文具盒。

是围棋。

他把围棋的各种东西都摆在了桌子上。

"我跟你解释一下，围棋的原来名字叫ranka，它的意思是腐烂的斧柄。"

"这是中文？"

他笑了。

"是日文。中文里的围棋，字面意思是包围的游戏。来吧，我会跟你解释的。传说从前有个樵夫在路上停了下来，看别人下了一盘棋。当他后来想要回家的时候，才发现斧头的柄已经烂掉了，好几个世纪已经过去了。"

我点了点头表示很感兴趣。我们沉默了几秒钟。

"我很爱解释。"他像是在表达歉意，"我会跟你解释的。"

他露出笑容。我的父母亲看起来很拘束，像是生怕他们一不小心就点燃一座装满火柴的城堡。

"你看这个，这个叫goban。"爱德华说。

"什么？"

"你想听我解释吗？"

"嗯。"

我的回答似乎让他很愉快。

"是这样的，goban就是棋盘，你可以这么叫它。如果棋盘上的两个交叉点在同一条线上，它们之间又没有隔着其他的交叉点，那它们就是相邻的点。"

"好的。"

"接下来我要跟你解释非常重要的一点：目。它指的是被同一种颜色的棋子包围起来的交叉点,这些交叉点都紧邻在一起。"

然后他又解释了什么是双活棋(seki)、死子和单眼,再来是气、无气、打吃(atari)、提子、劫等术语,此外,由于黑棋先下,所以最后计算占地时要扣减掉黑棋的一些目数,这个称为贴目(komi);此外还有许多规则和例外。

这比保龄球要复杂多了,玩保龄球只要学两个词就行了:两球全倒、全倒。而且就算对它一无所知也没有关系,因为电子荧幕上会有一个穿比基尼的女孩扭来扭去告诉你所有的事情。

我的父母亲强忍住笑意。

"你看,"爱德华继续说,"要想提掉这个黑子,白子不能马上在这个位置着手……"

我走神了。我的眼前只剩下他的胡须在上下晃动着,他的声音糊成一团,我一个字都听不清了。

"嗯?你听懂了吗?"

我点头,他似乎很满意。

约瑟芬娜还是没有起床,母亲给爱德华端来了茶。就在把茶送到嘴边的时候,他对我说:"这是一些入门的概念,等喝完茶,我再跟你解释那些精细的技巧。遇到一个喜欢解释的人可是很愉快的,当然也很难得。"

喝着茶,爱德华突然非常严肃地转向我父亲。

"先生,由于约瑟芬娜还没有起床,我有话想跟您说。是这样……"

"请解释一下。"父亲微笑着说。

"我无比荣幸地请求您……嗯……将您的母亲托付给我。"

一阵漫长的沉默。我看见他眼睛里闪烁的光芒,还有我父亲紧绷的额头,他似乎在花很大的力气去弄懂爱德华说的话。

"我跟您解释一下,"爱德华又说道,"约瑟芬娜已经答应要成为我的妻子,但我希望到时候一切事情都井井有条。一切井然有序是幸福的开始。"

"随您怎么说。"父亲答道。

爱德华挠挠头,充满困惑地看了我母亲一眼。这个追求者静静地等待着,没有表现出一丝的生气。

"通常来说,在欧洲,"父亲说道,"应该向父亲而不是向儿子请求将一位女士托付给自己。"

爱德华应付这个反对意见易如反掌。

"澄清一个细节。我可以跟你解释一下,在神道的哲学里,父亲和儿子……"

"不必了,这样就够了。做您想做的吧,但不要再跟我解释任何东西了。结不结婚的,我根本不在……"

话还没有说完,他就扭头看我母亲:"浑蛋,他真的是喋喋不休啊,第三个老人家!"

然后就一头扎进一本填字游戏杂志里了。

"我也不太了解您,"我母亲说,"我想找个娱乐电视节目来看,找点可以消遣的东西,或者看部可以放松的电影。"

爱德华从口袋里掏出一盒光盘。

"我刚好有这个，"他笑着说，"我本来打算和约瑟芬娜一起看的，但没关系。我都差不多把它背下来了。你可以看看，很有趣的，不会让你觉得无聊。你有没有兴趣？这个屏幕这么大，太棒了！还可以看原版电影！"

"是喜剧吗？"我母亲问道。

"比喜剧还棒，是能剧。"

"什么剧？"我父亲从填字游戏里抬起头。

"我解释一下，能剧，或者Gagaku，如果您喜欢也可以这么叫它。还有，叫它Bugaku也行。'岳父大人'是行家吗？"

"不是，"父亲答道，"就是随口问一下。我其实比较希望这一天能平平淡淡地结束。"

屋外开始下起了雨夹雪。大家准备好了要度过一段美妙的时光。

"准备好了！"爱德华说着把光盘放进播放机里，"你们一定会笑得直不起腰！要是你们有看不懂的地方……"

"您会跟我们解释的。"我母亲接话道。

"正是这样。"

很快，屏幕上出现了一个穿着黑色绸缎和服，系着红色腰带的男人。偌大的屏幕上空荡荡的，只有他一个人。他看看左边，又看看右边，好像在找什么东西。化了妆的黑色眼睛上，两条斜眉毛让他看起来很疯狂，让人觉得可怕。突然他不动了，发出了一声尖厉的声音，"咦——"，忽然，他像一根在暴风中的芦苇一样，从头到脚浑身颤抖起来。

"他在生气，是吗？"我问爱德华。

"不是，他很高兴。他在笑。他是看得到生活中美好一面的人！"

随后，这个男人往前跨了一大步，在地上粗暴地扭了自己的腿，发出一道惊雷般的声音。他转了转眼珠子，抖了抖眉毛，下巴发出咔咔的声音，扭动屁股，尽最大可能地挺起肚子，把手里的橙子朝天上丢去，落在他的鼻尖上、舌头上，随后发出一声吼叫。我们被吓了一跳。

"可怜的人！"爱德华说。

"可怜？"父亲很震惊。

"你们看见了吧，他很不幸，不是吗？"

"是，是，既然你都说了。"

"快看，"爱德华指着屏幕，"注意看，该死的，你们要错过最精彩的了！"

屏幕上一直只有这个男人，他看着空气。他的脸望着天空，像在追寻看不见的云朵。他伸出食指，停在空气里，像是在感受风的方向。

爱德华看到这里放声大笑。

"它真的太好笑了，对不对？每次看这个我都笑个不停！我说的不对吗？"

"滑稽！"父亲咕哝道。

"不是吗？啊，我有个主意，要不我们重看一次？单纯为了笑一笑，怎么样？"

"别，"父亲答道，"这样会破坏它的节奏。"

"您说得也对。注意了，还有好多动作！"

舞台后方出现了一个瘦弱的身影，轻盈的云朵像翅膀一样包围着她。踏着无声的步伐，她靠近穿着黑色和服的男人，但他仿佛没有看见她。她在他身边绕了二十多分钟。

她消失了，男人倒下了，躺在地上就像一张饼。

"每次都有新体会！"爱德华喊道，"不得不承认啊，人的结局根本无法预料！"

"我承认……嘿，这就是该死的结局吗？我们等了半天就是在等这个吗？！这就结束了？你确定？"

"第一部是结束了。一共有十五部。如果你们想看，我明天再来……"

屋外一直在下雨。我很想念拿破仑；也想念亚历山大，想念没戴帽子的亚历山大。

母亲在打盹，她的手垂在椅子的扶手外，画册掉在地毯上。

这一刻，我能感觉到时间正跨越我们所有人飞跃而去。

爱德华离开很久了，走的时候戴好了他的皮帽，穿好了软皮靴。约瑟芬娜在夜晚刚刚到来时，像一朵重新绽放的花儿般出现了，她宛若青春再临,容光焕发,双腿坚韧而笔挺。父亲告诉她爱德华来过了。她伸了个懒腰,打着哈欠问我父亲:"他来做什么?"

"他为婚礼的事情来的。"

"婚礼?"约瑟芬娜很惊讶,"谁的婚礼?"

"他的婚礼。"

"啊?他结婚了?"

"没错。"

"看吧!他应该跟我说的。不过他是和谁结婚?"

"和你!"

约瑟芬娜在原地一个猛地转身。

"和我?"

"没错,你已经答应了。你和他这么说的,昨天在电话里说的。"

约瑟芬娜陷进沙发里,合上了眼睛。或许她正在记忆里搜寻着。

"必须说,"我父亲说道,"他人很好。虽然有点难沟通,人是真的挺好。"

"闭嘴,"约瑟芬娜说道,"我试着回忆。好吧,我觉得大雾散了……我想起来一些了。他一定是板着一张脸。"

"他什么时候板着一张脸?"

"就在你跟他说我喝醉了的时候,而且还说我已经结过婚,已经和幸福结过婚的时候。"

父亲咬了咬嘴唇，我母亲扑哧笑了出来，约瑟芬娜站了起来。

"等等……你想说你……"

"拜托，老妈，你记得自己说的话吗，'准备开始新的生活'？还说想去巴塔哥尼亚。"

约瑟芬娜把脸埋进双手里，身体摇摇晃晃。

"这不是真的，这不是真的，这只不过是随口说说！我不知道，我……那不是我，这只是一个圣诞节的玩笑。他一定是太蠢了才会当真。"

父亲左顾右盼，想找个东西盯着来消除自己的焦虑。他最后看到了一个用老旧的装柠檬水的瓶子做成的台灯，上面盖着用吸管做的灯罩。我们觉得他有一堆事情想跟它倾诉。

"我对你的事情确实一无所知，"他小声说着，"你说你想要重获新生，开始新的生活，等针织活做完……然后要去巴塔哥尼亚！然后来了个笑眯眯的人，戴着皮帽，穿着浑身上下都是牦牛毛，还有没完没了的解释，什么围剧，什么能棋……我……"

"我觉得你弄反了，爸爸，"我说，"是围棋和能剧。你想听我给你解释吗？"

"我不在乎！"他喊道，"我！根本！不在乎！我完全没有搞懂那个什么棋，还有那个剧，也完全没搞明白到底发生了什么。"

他又抱怨了一会儿，然后重新开口道："关于你结婚和离婚的事情，还有什么重获新生，什么跟野餐时候的香肠一样大家能一起分享的永恒，我什么都没搞明白！我也不想听任何解释！"

整个过程,约瑟芬娜都缩在角落里叹气,把脸埋在手里。

"我该怎么办?现在我该怎么办?我想要我的幸福,我根本不想去亚洲。"

那天晚上和大多数的夜晚是相似的，树仍然在倒下。它们巨大、宽广、盘根错节，已然度过了漫长的岁月。但奇怪的是，它们高大而宽阔的树干，还有它们的繁枝茂叶，给人的感觉并非强大而是脆弱的。它们越是雄伟，实际上越是脆弱不堪。亚历山大、句号和我走在大片干枯的落叶上，却没有发出一点声音，仿佛行走时根本没有踩在地上。我们走过一棵又一棵的树，查看它们是否有危险，但每当我们碰到它们，危险就到来了。亚历山大的帽子变得巨大，几乎和树一样高。

有一只游荡的野兽，一只野性而有耐心的野兽。我后退了几步，望向天空却只能看见繁密的枝叶，它们遮蔽了天空。很快，树冠开始颤抖，树干左右摇晃起来，树根从土里无声地挣脱而起，四下里环绕着杂乱的低语，夹杂着愤怒的低吼。

每当一棵树倒下，我才能意识到它身后是什么，这种确定的感觉让我感到些许安心，但实际上我却一次次面对森林中出现的皇帝。很快就要轮到他有危险了。

我开始哭泣。

直到电话在夜里响起。父亲和母亲慌乱地起床,我去客厅找他们,而约瑟芬娜并没有醒来。

拿破仑。只有可能是他。

"是消防员。"父亲把手放在话筒上对我们说道。

母亲让我回去继续睡觉,但我仍然坐在楼梯的第一个台阶上。父亲复述着消防员说的话,母亲才能跟上他们的对话。

"火灾?"

沉默。

"啊,幸亏!说起来我觉得挺热。这个时候我不应该开玩笑?说得对,抱歉。但最近这几天我走不开。"

沉默。

"我明白了,他想熨衣服,然后只穿了条内裤就出门去了保龄球馆,忘了把衬衫上的熨斗关掉。不用怀疑,这就是他会做的事情。"

沉默。

"您说什么?您和他遇到了问题?欢迎加入我们的俱乐部!不好笑吗?不是,这是真的,您说得对。但说到底,有时候……"

沉默。

"他什么都想不起来,还说是您放的火,目的是想要流放他。还说你是我的同谋?老掉牙的故事了。他在哪儿?"

沉默。

"好的,我都明白了,他被关在厕所里,在喊'我比梭鱼更厉害'是吧。很有经验啊!他还提到了洛奇?他说从来没人知道洛奇留下来的东西?我希望你们最好有点关于'前拳击手性格障碍患者'的知识,不然这个晚上你们会够呛。没开玩笑,没有其他的了?好的,让他接电话吧。"

沉默。

"什么?他不想跟我讲话。他说我是……你觉得这好笑吗?这好笑吗?不,那不是我。"

沉默。

"他说皇帝有危险,他只跟他的将军说话?是的,我知道他在说什么。一个紧急的高级别会议?"

我们在半夜的时候叫醒了约瑟芬娜。我父亲说他工作的银行遭到入室盗窃,需要赶紧回去。她送我们到门外,站在台阶上,车灯照亮了她,也照在她上个世纪的睡衣和凌乱的头发上,她看起来就像一个神话里的奇怪造物。

"约瑟芬娜,我们会给你打电话。"父亲喊道,随后掉转车头。

父亲开得很快。车子穿破夜色。我睡着了,然后我又惊醒了。奇怪的是,我感觉很好,只是希望这趟旅途永远不会结束。

父亲想要休息一下或者喝杯咖啡提神的时候,我就陪他去服务站。凌晨的时候——那时候我们还有一百多公里要走,在其中一个服务站,他给那台吞他卡片的机器来了一拳。两个胳膊上印着"保安"的彪形大汉出现了，但奇怪的是这两个字带来了一种不安的感觉。其中一个跟我父亲说道："怎么，这位先生，想搞事？"

那嗓音听起来十分恼火，我觉得他们是来打架的。父亲把拳头举到下巴前，摆出防御的架势。那两个人看见了，嘲讽地笑了起来。我抓住父亲的胳膊。

"过来，爸爸，他们根本不懂拳击。"

"没错，根本不懂！"

就在车门打开的瞬间，父亲又转身对那两个人喊道："你们两个软蛋！"

我们全速逃跑，车子开得像火箭一样。

下了高速公路，就在快要到达的时候，父亲忽然紧急刹车。是一头白色牝鹿，它一动不动地站在马路中央，用硕大而温柔的眼睛看着我们。它如此优雅又如此脆弱，花了些许时间，它才迈着细碎的步伐穿了过去。母亲在保龄球馆说的话忽然在我脑海里回响："一切脆弱的都是动人的。"

"该你表演了！"父亲把车子停在拿破仑的屋前，对我说道。

消防员还在，裹着一条厚重的格子花纹毛毯睡着了，跟前还放着一杯冷掉的咖啡。整栋房子里都是烧焦的气味，厨房黑得像炭一样。句号缓慢地朝我摇摇晃晃地走过来，用它困惑的眼神看着我。它看起来想搞清楚发生了什么，随后就躺到了地上。

"我就是将军。"我跟消防员说道。

"奇怪的军队。"他答道。

我一看到他，就觉得我爱的那个人再也不是曾经的样子了——拿破仑老了。站在我面前的是一位年迈的先生，梦中那种焦虑的感觉在我肚子里拧成一团。危险在游荡。

有那么几分钟，我觉得自己是透明的。我明白过来：他完全不认得我了。他的眼神似乎在我脸庞上搜寻着某个人的记忆，那是一个在某处和他擦身而过的人，他想必已经忘记了这个人的名字。

有个水龙头在漏水，一秒一秒地落下来，规律得像在打节拍，水滴打在陶瓷上的声音让人不舒服。

嗒。嗒。嗒。

我有一种感觉：水滴像在计时。突然，他让我靠近他，然后在我耳边说道："我把卡门贝奶酪藏起来了，别告诉别人。"

我惊愕不已，他又说："那个消防员……他要找的就是卡门贝奶酪。幸亏我一下子就识破了。你要看看他打开冰箱时的表情，他吃惊得差点就能把自己的头盔给吞掉了！去看看，快去看看。"

他的眼睛里充满快活，跟在我身后去厨房的时候就开始笑了起来。厨房里看起来十分可怕，墙壁被熏得漆黑。塑料燃烧的刺鼻味道冲进我的喉咙。我打开冰箱，却笑不出来。我转身看着祖父："你为什么要把短裤收在冰箱里？而且你怎么有这么多？"

那里面至少有百来条，都整整齐齐地摆好了。

他听见我的问题了吗？他看着天花板，皱着眉头嘀咕道："这里需要好好油漆……"

"嗯，你的短裤，为什么它们会在冰箱里？"我又问了一遍。

"为什么？"他答道，"为了给她捣乱！"

"给谁捣乱？我完全搞不懂你在说什么。"

他笑了。

"谁？你知道的，你是不是在装傻？你明明知道的，就是达扬德克太太啊。"

我知道这个名字。那是他小学时候的老师，他时常提到她，每次讲起她，拿破仑的语气总是爱恨交织。

"你把短裤都放进冰箱里就是为了给达扬德克太太捣乱？"

"完全正确。她和那个消防员，千万别告诉别人。但是你知道吗，那个消防员就是她的儿子……她藏起来的儿子。她是个骗子。他们是一伙的。他们两个都想偷我的卡门贝。嘿，但我才没有这么傻，我把它们藏起来了！然后他们就只能找到我的短裤。都在冰箱里了！"

他扬起了头。

嗒。嗒。嗒。

紧接着，在几秒钟的时间里，他好像又变回了他自己。

"啊，小家伙，你回来了！我在等你。你的帽子很好看啊。"

"谢谢，爷爷。"

"别这样叫我！你看到了吗？我不知道这是发生了什么，你知道吗？"

"不知道。"

"可能是电路短路了？"

"有可能。"

"你知道吗,真的很奇怪,昨天晚上我回忆起来一堆事情。我的记忆力简直太好了,什么东西都在里面分门别类地收好了。"

他敲了敲自己的脑袋,然后问我:"你的生日是什么时候?已经过了吗?"

"你忘记了?"

"没有忘记,就是要确认一下。"

"5月18日。"我说道。

"5月,18日。"他重复了一遍,"没错。"

他好像在思考,沉浸在复杂的计算之中。突然,他整个人激动起来:"还有,关于出租车的事情,我交给你那个任务,你记得吧,那个海滩……"

"没错,我的陛下,我现在已经知道它确切的位置了。那是一个叫作乌尔加特的小城。"

"没错,就是这个!就是这个名字!我什么都想起来了,就是没想起来这个名字。乌尔加特!听起来就像把一块热布丁放进了嘴里。当然,那片海滩可没有这么小。"

他如释重负。我在心里发誓,绝对不能忘记这片海滩的名字。

"小家伙,我有件事要拜托你。去地下室,架子上有手套、沙袋,还有其他东西。"

"好,我知道了。"

"你会看到有一瓶镁粉,就是那种抹在手上的白色粉末,这样戴着手套才不会受伤。"

"好的。"

他笑出声来。

"只不过那个不是镁粉。哈哈！我调包了……因为我很清楚约瑟芬娜不会把它拿起来闻。"

几分钟后，我拿着那个瓶子回来了，拿破仑立刻打开了它。

"闻一下，"他说，"轻轻闻一下。"

海滩的气息。跟约瑟芬娜一样的沙粒。过往那种淡然而柔和的气息，让人想象拿破仑和约瑟芬娜走在这片海滩上的情景。我忍不住去想象他们在沙滩上留下了一串脚印。

"别跟任何人说，保守秘密。我有我的尊严。再过一些时间……作为将军，你有责任保卫这份皇帝的圣物。"

他用尽全力把瓶盖重新拧上了。

祖母的信

亲爱的孙儿：

我很遗憾那天晚上你们匆匆忙忙就离开了，没能好好道别，而且圣诞节那天晚上我一点都不像自己，我有点……就像你们年轻人说的那样，发酒疯，不管怎么说，隔天那些泡泡都破灭了，还下起了雨，那是我第一次不在拿破仑身边过圣诞节。爱德华打电话来,他想和我聊聊未来,但很不凑巧,我只想谈过去。

我们还是去了一个茶室,他不太清楚要怎么提起结婚的事情,看得出来,他真是个傻瓜,他在座位上扭来扭去,像尿急一样,但挺让人感动的,尤其是这件事让我很难堪,我还是不知道要怎么改变局面。简单地拒绝对他来说太残忍了,总而言之,我不想回答他的这些问题,甚至不想聊这些问题。于是我就提出了一个当大家相顾无言的时候总是会提的建议:去看电影。我不知道除了看电影我们还能干什么。

我想看个喜剧,然后他跟我说有一部挺消遣的电影,黑泽明拍的,叫《七武士》,我真的什么都没看明白,这部电影是黑白的,但是黑的部分要比白的多,故事发生在一个久远的年代,那时候的人都不怎么会笑,电影整整持续了3小时27分钟,爱德华说,我们很幸运能看到长的版本,短的版本他看过六遍,谢天谢地只有七个武士,如果有二十个,我们得在电影院里待两天,而且他们都戴着帽子,还留了胡须,看起来都一个样,其中有一个和爱德华长得有点像,然后在电影放片尾字幕的时候他(艾德,不是武士)为了缓和一下气氛问我觉得怎么样,我说我觉得日本看起来也不赖,但他没笑,严肃地看着我,还说我不尊重古老的文化,说我像是个精神强盗,还说我们之间有很大的不同，在看了3小时27分钟日本人打架之后，我应该有权利和他耍个嘴皮子，虽然有点蠢，但这就是和爱德华在一起时的问题，他对待什么都很严肃，好吧，这只是其中一个问题。第二件事，他不是拿破仑，我开始赌气了，像个小女孩一样，过了十五分钟，他一定是发现我们两个就像正在吵架的猫和狗，他对我说，"亲爱的约瑟芬娜，我很确定我们是在吵架。这真让人感到不舒服！"

某种程度上，我很高兴能够避开结婚的话题，我完全不知道要怎么说明这些事情，也不知道要怎么解释我只想念拿破仑，好像我才十五岁，特别是在我又感受了沙粒和看了地图之后，别跟他说，拿破仑不是那种会看武士电影的人，但他和武士一样是满脑子点子的人。

爱德华后来终于冷静下来，换了个话题，我想他应该也没有很想马上拿定什么主意，他跟我说他不想再把时间浪费在做饭和家务活上了，想要找一个助手，帮他应付每天的生活，他看着我，眼神里带着遗憾之情，然后他就毫无预兆地把我丢在那里，说什么他在忙着处理这个事情，需要打几个电话去找这个他要找的人，于是我就一个人回家了，沿着湖边走，心里有一丝难过。

这很艰难，尽管有什么武士、皮帽，还有牦牛毛，但爱德华到底是一个很好的人，也很温柔，我心想自己是不是错过了什么。拿破仑还是爱德华？想象他们两个人在天平的两边真是一个古怪的画面，要么这一头翘起来，要么那一头，我想到这儿就一个人笑个不停，也是奇怪，到这个年纪了还要考虑这种问题。湖面上天鹅一家三口正往前游去，在身后留下轻盈的水波，夜幕降临了，我被忧伤侵袭，这全是拿破仑的错，每次我思考这些事情的时候，就不得不痛苦地承认，我很想知道他过得怎么样，他在哪里开始新生活，他那么固执，就算吃了苦头也从来不说，不过我还是什么都能告诉你，拿破仑，他一直是我生活里唯一的太阳，就算现在已经成了夕阳，但仍然让我感到温暖，每当我想起他，我就能感觉到脚底的沙子，听见海浪的声音，和从前一模一样，你知道吗，时间没有流逝，只不过是当我们老的时候才发现。坦白讲，亲爱的，心里的东西太复杂了，太复杂了，糟糕的是人越老，能理解的就越少，如果能够选择，我总觉得最好我们从未靠近过，我要重新开始我的针织活了，就像愚蠢的佩涅罗珀一样。

吻你的祖母

就这样,我的皇帝开始了最后一场战斗,这是一场实力不均的战役。敌人难以捉摸。它知道要朝着哪里进攻,瞄得很准——朝着身体,朝着头脑,朝着心脏。它也知道要打在哪里才会带来痛苦,才会让人泄气,才会造成破坏;它对这个游戏的方方面面都得心应手,躲闪和进攻一样精准,没给拿破仑一点喘息的机会。白天、黑夜,被侵袭的皇帝活在凌辱之中。他跪下,又站起来。一次,两次,十次。自古以来,这个对手的战术就是无懈可击的。它侵蚀着拿破仑的肉体,融化他的肌肉,击碎他的记忆,吞噬他的心智。

这是一个狡诈的怪物,知道如何领着自己的猎物到处游走,给他虚假的希望,以便更好地消灭他,这是眼睛闪烁光芒的猛兽,是时常隐藏在树林中观察我们的鬣狗。以至于我有时候觉得又找回了我一直以来熟悉的拿破仑。有那么些许日子,他的脸色又焕发光彩,话语咄咄逼人:"他们要流放我也不会是明天!我们要不要去保龄球馆,小家伙?"

"太棒了,我的皇帝。"我回答道,眼里带着泪花。

"很棒吗？那你怎么哭了？啊，我知道了……你被下达了命令，是不是这样，小家伙？"

他的脸上满是愤怒，嘴角却带着笑意，眼里满是温存。

"连我的将军都弃我而去了！"他低声说道。

我低下了头。父亲要我一发现房间里没有人，或者拿破仑发动汽车的时候就告诉他。他雇了一位女士，让她一天过来几个小时。那是一位非常温柔的太太，拿破仑偶尔把她认成了约瑟芬娜，或者是夏令营的领队、邮递员，甚至他的母亲。她如此神秘，经常隐没在走廊里褪了色的墙纸之中。

"是的，没错，"他有一天说道，"我承认有时候我在走神，不过这没什么，别大惊小怪。虽然我很想试试看，但乘帆船环游世界是没什么机会了，但至于其他的……说到机车，我只买了250立方的。我还有力气，我们眼前还有大好的生活。"

"这样就变成一个最小的王国了，我的陛下。"

"没错，小家伙，你说得千真万确。但无论大小如何，重要的是统治它。过来一点。"

掰手腕。这曾经建立了我们的同盟，但如今让我感到惊恐。我咬紧牙关抵抗，再也坚持不住。我的手被按在了桌子上。我自己相信吗？需要这样假装吗？为什么这样的胜利只给他带来了一个可怜的笑容？

在这一连串落败的时刻里，我再一次变成了他眼里看不见的人。我希望世界语能够唤醒他记忆的零星火花。

"Sed imperiisto mia, jen mi, via ĉefgeneral! Bubo via. Imperion ni nepre defendu. La landlimoj estas atakitaj!（我的陛下，是我啊，你的将军！你的小家伙。我们有一个王国要保护。边境已经被入侵了！）"

无济于事。他在傻笑，嘴巴张着。

"你的将军！你的小家伙！"我坚持着，心存怀疑。

"我想你搞错了，年轻人。我不是什么皇帝，我也从来没有过将军。"

我去找来了洛奇的照片。

"那他呢，爷爷，洛奇，你用尽全力去战斗的拳击手。"

在这溃散的时刻，似乎唯独洛奇的照片能把在遗忘的大网中挣扎的他拉出来。他温柔地笑了，手指轻轻地触在洛奇满是汗水的脸庞上，我的眼里涌起泪水。他完全不认得他了，但仍然思考着照片上这个男人属于他生命中的哪一部分。他叹息，放弃了。

"记得把你的狗带走。我对狗毛过敏。"

我是没有皇帝的将军。

有一天，我在感到难过和泄气的时候，决定打开那个装了沙子的玻璃瓶。拿破仑好奇地看着我。

"你说你是我的将军已经够奇怪了，你还有这么多奇怪的嗜好。我是不是要闻一下那些沙子？"

"没错，我的陛下。"

"我希望你不要给我闻狗屎。"

他闭上眼睛闻了一下。久远的气息似乎在他迷雾重重的记忆里踏出了一条路。

"啊，没错，这让我想起了一些东西。不太清楚，但是……我再试一次？"

我点头。

"没错，多么温柔的气息！"

"约瑟芬娜的海滩上的沙子。你不记得了吗？那片小海滩……我的陛下……"

"不要再这样奇怪地叫我了。我看起来像个皇帝吗？为什么不能是爷爷呢？再说了，你到底在这里做什么？虽然我们好像在哪里见过……还是说你长得像我认识的某个人？"

半夜，电话铃响起，是埃尔勒附近一个服务站的工作人员打来的。拿破仑给那辆标致404加满了柴油，现在它动不了了。幸亏父亲早有准备，在手套箱里留了我们家的电话号码。

"埃尔勒？"父亲正在穿衣服，十分震惊，"浑蛋啊浑蛋，为什么又是诺曼底？你知道吗，雷鸥纳？"

"我不知道，爸爸。"

"那边有拳击馆吗，埃尔勒那边？"

在这让人崩溃的时刻，多亏了有奖竞猜节目。我让父母亲先别去餐厅，这样我就能和拿破仑共同度过这休战而且梦幻的一刻钟。在这十五分钟里，我重新看到了一个充满斗志、蓄势待发，而且记忆力如刀锋般惊人的拿破仑。

"蓝色的问题,"主持人宣布,"注意听。维克多·雨果有一位女儿后来疯了,她叫什么名字?"

两位参赛选手小声嘀咕着,几秒钟过去了。

"她姓雨果!"其中一个大声说道。

"错误,我们要她的名字。"

"那就复杂得多了。"

声音又降低了:"嗡嗡嗡……不对,如果是……一定是这样!"

"叫维多莉娜!"

"错。"马钦说道。

"啊,那……于格特?"

"错。"

"马瑟琳娜?"

"什么玩意儿!"拿破仑插话道,"叫阿黛尔。"

"你确定?"我问他。

"百分之百确定。他们根本没资格站在台上,应该朝他们屁股来一脚!但阿黛尔已经去世了!"

他从哪里知道雨果的女儿?我从来没见过他读书。

他毫不犹豫地答出每个问题:"蒙古国的首都?太简单了!乌兰巴托。"

"加里·库珀在哪部电影里扮演了林克·琼斯?很显然是《西部人》,1958年的电影。是不是把我们当傻子了!"

"海星？当然是海里的星星啊，可怜的蠢货！所有人都知道的啊！"

当我关掉收音机的时候，觉得自己像是切断了我的皇帝的意识。仿佛只有这个看不见的主持人发出的声音和观众审慎的尖叫声，让他和这个世界维持着联系。

"游戏结束了，"他说道，"正经事要开始了。"

他想说什么？

我得去学校了，把他一个人留在这里，留给句号和他那个残暴的对手。

我关上门。

刚从约瑟芬娜家回来，我就把帽子还有我母亲的画一同给了亚历山大。看见帽子修补好了，他并没有太多的惊喜，只不过简单地把它戴到了头上，他看着那幅画沉默了很久，然后把它小心翼翼地收进了书包里。

"我会一辈子收好它。"他说，"你妈妈是一个真正的艺术家，你很幸运，只有艺术家才会让东西变成永恒的。"

接下来的一路他都没有再说话，我觉得他的心脏仿佛要爆炸了。

在随后的一个星期里，他一直陪我到家门口。每次我们一分开，我就万分想要问他帽子上那两个字母"R. R."是什么意思，但我担心这样显得冒犯，也害怕他的拒绝。

有一天，我邀请他进我们家。

"有人在等我。"他说道,后退几步,慢慢走开了。

我觉得他住在自己的秘密里,仿佛在监狱里一样。我想他会决定在合适的时刻分享他的故事,但这个时刻或许永远不会到来。

母亲一如既往地沉默寡言,却经常随意地把她的笔记本放在什么地方。有天晚上,我发现那上面其中一页画着我从未见过的图案——各种各样的昆虫。只不过还是零散的线条,一些速写,但就像母亲每次对一个主题感兴趣的时候一样,她已经画了很多。

我问她。她说在某个晚上,她看见了亚历山大,是他那顶与众不同的帽子让她认出了他。和我一样,她也偷偷跟在他身后。母亲被他古怪而充满耐心的举动吸引了,她觉得感动,亚历山大在保护那些人们平时走在路上都不会注意的小虫子,她什么也做不了,唯独只能用刚买来的画笔将它们画下来。

她听见了,那是亚历山大对豆虫、天牛,或是甲壳虫绵延不绝的细小而响亮的回应。

"他和他保护的那些昆虫一样脆弱。"她对我说。

"诗意无处不在,"她又说道,"甚至在尘埃之中。"

母亲说得对。这种诗意或许也存在于拿破仑黑夜的出走之中。这些出走的旅途如此难以捉摸,又如此荒诞离奇,父亲和我都投入这场追逐之中,有些时候我甚至怀疑它们真的发生过吗。除了亚历山大,无论谁都会拒绝相信这样的说辞,只会对此横加嘲笑,或是完全不加理会。他如此迫不及待地想听到它们,带着热烈的激情,我的祖父仿佛成了一个让人无法忘怀的史诗英雄。

"你讲得太好了。拿个弹珠吧,啊,拿两个吧!"

春天到来时,电话总是在夜里响起。我习惯了这种呼唤,也能感觉到它们的到来。我穿着衣服睡觉。随后而来的是父亲匆忙的步伐。他出现在我的房间里,脸上带着忧伤。

"走吧。我们有很长的路要走。"

拳击馆、国道边的驿站、荒凉的服务站、夜间快餐店,拿破仑都去过。要么是在车站发现他的司机打来电话,要么是服务站的工作人员、拿破仑睡觉的卡车的司机、收费站的员工,还有在自己的母牛身上发现他的农夫、巴黎尽头拳击馆的教练、在候车厅发现他的车站站长,甚至是火车检票员打来的,说祖父拉响了警报。他是如何在轮椅上走过了这么多的路?无人知晓。拿破仑总是不认得我们,有天晚上,他还把我父亲认作以前的教练——乔·拉格朗日。

"乔,我的手套丢了!"他看着自己瘦骨嶙峋的拳头说道。

其他时候,事情没有那么简单。拿破仑在半夜喊有人绑架,引来注意,父亲不得不跟一群见义勇为的夜猫子(卡车司机、自行车骑行者、地狱天使飙车族,还有浑身汗臭的篮球队)解释,而大家只不过是借着这些没完没了的口角解闷。

"我跟你说了这是我父亲!"父亲在捍卫自己。

"根本不是,"拿破仑喊道,"这根本不是我儿子。你搞错了,所有人都搞错了。"

"我跟你们说这不是我儿子!"这句让人绝望的话穿过整个停车场,穿透了黑夜。

只要摆脱了那些都站在拿破仑一边的人群,我们就要一起努力让他平静下来,带他上车,然后他在前几公里仍然骂骂咧咧,随后就睡着了。他在车座上缩成一团,看起来那么弱小。

有时候,拿破仑会突然坐好,仿佛刚从一个深沉的梦中醒来,他问我:"小家伙,我在做什么?"

"我的陛下,你刚刚神游了一番……你是一条了不起的梭鱼。"

"梭鱼!"他又哼起了克劳德·弗朗索瓦的歌。

他抬起下巴指了指我父亲。

"Ni venkos per erozio! Ĉu?(我们耗尽他的精力!对不对?)"

"Mi tutcertas, imperiisto mia!(没错,我的陛下!)"

"他说什么?"父亲问道。

"没什么,他说很高兴你在这里。"

后来,父亲难得地一个多礼拜什么事情也没做,唯独绕着拿破仑转。我害怕在半夜响起的电话铃声,但还是等待着它们,仿佛在等待征途的召唤。

有时候我们会在国道旁停下车,走进那些深夜还开着的肮脏小馆喝一杯咖啡,或者是问路。在这些显得不真实的地方,他终于跟我吐露了内心的疑惑。

"好几次我都在想……拳击和拿破仑……我有些怀疑……"

是的,这些想法也在我的脑海里出现过,但我总是像亵渎一般把它们抛开了。虽然有成摞的照片，但那上面只是一个打拳击的少年。那个少年看起来和我认识的这位老人没有一点相似之处。他用化名在打拳击，好比洛奇，而我们家的姓氏——幸福，从未出现在任何一份文件上。

要如何确定拿破仑的帝国到底是不是一个用谎言和纸张糊起来的巨大金字塔？

要问谁呢？约瑟芬娜？她从来没有看过他打拳击，根本并不比我们知道得多。

一个周六的早晨，我在我的书桌上看见了一个装订精致的笔记本。那是我母亲的画，用羊毛线装起来，变成了一个小小的相册，在第一页上写着标题：拿破仑之书。

我很想立刻就翻开它看起来，但我站起身一路跑到了母亲的工作室。没有人在。厨房里也没人，我找到一张便条：父母亲外出了，让我不用担心。

我飞速穿好衣服骑上自行车，任凭凉凉的风划过我的小腿。初春的甘甜气息清朗而充满希望。

我到拿破仑家了。他显然在等我。他修过胡子，头发梳得一丝不苟，穿着和我父母亲去保龄球馆那天晚上一样的白色西装。他神采奕奕，仿佛敌人已经被击退了。在客厅的正中央，放着一个小行李箱和黑色的保龄球。

"啊，你来了。我在等你。今天天气很好，是吧？"

他的嗓音清晰而有力，他发现我的视线被那个行李箱吸引了。

"别担心那个箱子，我打算去度个假。但在这之前我们得先做点其他事情，把落地窗打开，小家伙。"

面对着荒废的花园，我们深深地吸了几口气，空气充盈了我们的肺。

"啊，春天！"他说，"春天，我的小家伙，无可比拟，尤其是生命的春天。"

我笑了，他也笑了。

"小家伙，"他说，"我不知道我们还有多少时间，不能再浪费了！"

他发现了我怀里的册子。

"那是什么？让我看看，应该没有很多字吧？"

"没有，只有图画。"我说着递给了他。

"你也知道，我可不想在脑袋里挖洞。至少今天没这个打算，我的脑袋里已经有洞了！"

他放声大笑，细小的泪珠从他的眼角涌出来。

"瞧瞧这个……好漂亮的画册……这是个礼物吗？"

"没错，一个礼物。《拿破仑之书》，你生日的礼物。"

"那还有好久啊，但你说得没错，谁也不知道，提前也很好。永远要比你的对手提前一步。"

我们的眼神短暂地交错了一下，他的脸上浮现严肃的神情，开始用细长的指头翻看这本画册。

母亲把画作按时间排好了，在我们的眼底下连成一串，每一幅画都在拿破仑的脸上留下些许踪迹。和洛奇的最后一战，与约瑟芬娜在出租车的相遇，他们在潮湿的沙滩上留下的脚印，恶作剧领带的故事，撞向白色球瓶的黑色保龄球，我父亲在厨房里挥拳的场景，我父亲变成第十一个球瓶的脑袋。拿破仑高兴得眼角起了皱纹，温柔地笑着，惊讶地张开嘴。他看见约瑟芬娜站在花园里，正朝着他比着充满爱意的手势，他的手里也比出了一个我看不懂的手势。

"浑蛋，"他说，"我绝对不会哭的。我怎么变矫情了。"

我母亲只在其中出现过一次，她和拿破仑坐在一起，对面是一位穿着白色工作服的男人。柔和而忧伤的气氛笼罩在三个人头上。我困惑地问他："这是在哪里？"

"没什么，小家伙，只不过是和你妈妈出去随便逛逛，好几个月前的事情了。我们去消磨时间。如果下辈子有机会，我想变成她的画笔。"

这是在医院里，我很确定。这是离婚前不久的事情。

画册的最后几页和医院里的墙壁一样雪白。这最后的几页是留给拿破仑的。

"阅读够多了，"他突然说道，"现在来点运动。"

他像以前一样穿好了自己的皮夹克。

"我们要越狱了！来吧，小家伙。标致404。"

他看出了我的犹豫。

"来吧，这是我们最后一次行动了。"

一如既往，每次刹车的时候，他都会做出充满温柔的动作，在安全带起作用之前把手伸到我身前护住我。在闯了三个红灯、五次超车失败之后，他在一家理发店门前猛地停车，但剩下的停车位看起来只能塞进去一辆踏板车。

"我的陛下，这个位置有点小。"

"不会，只要慢慢来就能停进去。"

前进，后退，前后保险杠都刚刚好，标致404正好在里面。

"你看，小家伙，这个位置还是很大嘛。他们还要我出示驾照。我不在乎！我没有！"

喇叭声响成一片，都在抗议他这样停车。

"有谁想挨一拳？"他从车窗吼出去，"一群野蛮人！啊，没什么比发飙更能觉得自己年轻了！"

我打开轮椅，他一坐好就朝着理发店过去。

"你要做美容吗？"我问他。

"我只是想收拾得像个人样而已。第一印象很重要。"

拿破仑坐在椅子上，我看着一簇簇头发掉在地上，就像雪花飘落。我非常想要捡一小把，但我不敢这么做。我们的眼神在镜子里时不时交错。最后，理发师用另一面小镜子照了照后脑勺。

"您觉得怎么样？"理发师问道。

"完美。是不是，小家伙？"

"帅气逼人。"

"需要帮您修一下吗？"理发师问。

"您是想把我修好了，我就可以走路了是吗？"拿破仑答道。

他们同时笑出声来。

把车开回马路上的时候,他迟疑了一下。

"我不想回去了,小家伙。我们去喝一杯!后面的事情可就不容易了。"

"后面要干什么?"

"所有的事情都在后面。不管怎么样,我有件事要告诉你。"

我的心脏开始怦怦地跳。几个礼拜以来,我有一种感觉:我和拿破仑之间的时间已经所剩不多了。

咖啡馆简直像个蚂蚁窝,年轻人、老人,有全家一起来的,也有独自一人的,整个咖啡馆就像一个集会,拿破仑的轮椅在一堆婴儿车和踏板车中穿行。

"来瓶可乐,小家伙?"

我笑着点头。

"两瓶可乐!"他打着响指,高声说道。

拿破仑扫了一圈周围的人,眼里闪过一丝疲惫,我看出来了。消失之前还有多少时间?一刻钟?半个小时?计时器在对手手里。

"你记得吗,小家伙,我在医院那会儿?我腰痛的那阵子。记得吧?我在想啊,人为什么就不能待在原地呢?一会儿往左走,一会儿往右跑,待在一个地方五分钟都做不到。"

"我记得。"

服务员把两瓶可乐放在我们跟前。拿破仑从口袋里掏出五十块。

"不用找了!今天啊,我突然有了答案。"

他自信满满地看着我。我有点失望,原本以为要知道拿破仑的秘密了……

"没错,我有答案了,而且非常简单。因为他们觉得厌倦了,就是这么简单。当人们厌倦的时候,就会有坏主意,尤其是一个人的时候。这就是为什么人们总是在游荡,为了不去想那些东西,也为了逃离那种想法。"

"具体地说,是哪一种想法?"

他用牙咬开了吸管的包装纸,然后往包装纸里吹气,把它从桌子上弹了出去。这个小火箭飞了一会儿,一头扎进了一位女士的头发里,她没有发现。

"你看吧,"拿破仑说,"我八十六岁了。我确实不该做这些事情了,但我还是做了。"

"没错。"

"我们来算算看过几次世界杯吧。来,这是很有意义的。在桌上比个刻度……瞧瞧,就是这样。"

"二十一点五届。"

只有将近二十二届世界杯,我已经遇到了我人生的前两次,我父亲已经经历了十二次。我们的人生就简化成这样,按度过几届世界杯来算,然后终场的哨声就吹响了。

"让人深思,是不是?"

我的心被哭泣填满。周围的声音变成了一张厚厚的网,我在里面苦苦挣扎。柜台上杯子碰在一起的声音,像钉子一样钻进我的大脑。我甚至想把我的皇帝抛在那里,让他自己应付这一切。

"好了，小家伙，时间紧迫。计时，永远在计时。我有另外一件事情要告诉你，一样很重要的事情。你做好准备了吗？好了吗？这是一个秘密……"

他有点犹豫，看着我脸上鼓励的神情。

"我从来没有跟别人说过，我很确定，可以跟你保证。"

"不能说出去，对不对？"

"把嘴巴缝起来。"

他往两边看了看，像是担心我们被监视了。他看起来像一只受惊的鸟。

"好的，小家伙，是这样……你知道吗，对于数字我还能搞清楚，但其他的……我……"

他深吸一口气，然后一口气说了出来："我不识字。啊，说出来了！哇，这感觉不错。"

"不识字？不识字……你是说……"

"不识字，就是这样。当然也不会写。这理解起来不会复杂。一个字都不认识，一无所知。"

他指了指墙上那幅宣布马术比赛大奖的海报。

"比如说那边那幅海报，我啥也看不懂，我只看到了一匹马。我从来就没有学会过，学习让我很快就烦躁了，而且我经常作弊。我一辈子都在作弊。达扬德克太太一直没发现。"

我想到了约瑟芬娜，但他抢在我的问题前说："她从来没有猜到过。你想啊，我也从来不敢跟她说。特别是我们相遇那天，在出租车上,她问我喜不喜欢那些我从来没有听过的小说,我说是,说我很喜欢。就是这样开始的,你开始说谎,从此以后就会陷在自己谎言的陷阱里。那些字母符号,什么音符,我从来就没搞懂是怎么一回事。并且因为职业的关系,我到处跑,越过边境,那些东西又都不一样了,然后我就只注意那些感兴趣的东西了。在拳击里,我们当然需要去读懂对手眼里的恐惧和怀疑,而这些东西在书里是读不到的。"

"但是你开出租车的时候,你怎么办到的?"

"我凭着直觉开。"

"那这样你也太厉害了,作弊之王。"

"谢谢你,小家伙。你知道你爸爸是几岁的时候识字的吗?四岁。他四岁就开始读书了。我跟他说去看场比赛吧,他更喜欢读他的书。这小子!在识字之前,他要求给他讲故事,每天都讲。我随便拿一本书,照着上面的图案乱讲一通。他全都信了!"

他狡黠地笑了,看上去很满意,然后让我靠近他:"你听我说,小家伙,我跟你坦白,我很想学习。"

"学认字?"我小声说。

"没错,我的将军,学识字,不是学缝衣服。我不知道敌人有没有给我们留时间,但这是我最后一场战役了!我知道对我来说这没什么用了,但还是能派上点用场,有时候填个表格什么的!"

我低下头。

理发师。

"我只是想收拾得像个人样而已。第一印象很重要。"

客厅里的行李箱。

我们的眼神交错，我在他的眼睛里看见他放弃了：他同意搬出他的房子了。

"不要撤退，小家伙。再妥协一点。分散它的注意力，我们要让敌人沉睡，要迷惑它。"

"骗它。"

"没错，就是这样，骗它。你全都理解了。别哭啊，敌人会偷笑的。而且我有个计划。你有什么可以写的吗？"

他读懂了我眼睛里的怀疑。

"我要把我的情况记下来，"他说，"我怕把它们忘了！"

我在纸上飞快地写着，详细地记下他说的话。有时候他会强调某一点，然后仔细地说："做个记号，这个太重要了。"

我写满了整张纸。拿破仑像是松了口气。

"你的皇帝战斗到最后一刻，从来不抛弃任何东西。我们会保持联络，是不是？"

"没错，我的皇帝，我们会保持联络。任何时候。"

"奇怪，我觉得冷了。我们回去吗？"

水龙头还在"嗒，嗒，嗒"地滴着水。我觉得水滴落在陶瓷上的声音越来越响了。我想要一脚踢开客厅里那个小小的行李箱。拿破仑则看着他的房子，仿佛初见。

"我的陛下……"

他吓了一跳。我们看着对方,他的蓝眼睛在他如丛林般密不透光的记忆中找寻着。过去与现在像树藤一样交织在一起。

"听听这个,爷爷:三滴水落瓷器上,一棵大树立窗后,有微风。"

"很美呀,像战争时候从伦敦发来的密电。"

"这是日本的诗,叫俳句。"

"这用来排什么?不对,用来做什么?"

"用它来抓住万物的消逝。"

他皱了皱眉头。

"消逝,"我接着说,"就是生命中正在消失的万物,我们要抓住它。"

拿破仑把手举了起来,好像烫到了一样。

"再举个例子,就你那个什么我不知道怎么说的万物消失!"

我闭上眼睛,感觉到了拿破仑投在我身上的目光。

"啊,你听着:孤独行李箱,方瓷砖上保龄球,空无一人。"

"这很好,也没有太多字,我能试试吗?"

他集中注意力,深深吐出一口气,然后脱口而出:"径直朝脸上一拳,鼻血喷涌,击败在地。"

他在等我的反应。

"不错!"我说,"真的不错。"

他的脸上浮现出带着无尽思念的笑容,那个笑容和他的白发一样温柔。

他又一次远离了我。

他没有回到自己的马背上就离开了,走在一望无尽的衰老的沙漠平原之中。他的战马铁蹄踏在冰冻的土地上,"嗒,嗒,嗒"。

"我的陛下,"我小声道,"我的陛下……"

我听见钥匙开门的声音。

"约瑟芬娜,"拿破仑喊道,"你怎么这么久才回来啊!"

我的心脏在加速。但不是她,是父亲雇请的那位太太。他用右手指着我说:"多亏了这位先生,我们找到了梦寐以求的房子。过来,我带你看看。我们要在这栋房子里一起变老,再也不离开这里了。约瑟芬娜?"

"没错,拿破仑。"那位太太答道。

"我的鞋子里还有沙子呢。"

雷鸥纳的信

奶奶:

我给你写信是要告诉你上个礼拜发生了一件大事,你在继续读这封信之前请先坐下来,暂时把你的针线活放在一边。如果你已经织完了,赶紧把它扯下来一些,我们还需要你。我发誓什么都没跟拿破仑讲,但我要跟你说的是，拿破仑已经不再是拿破仑了。他瘦了很多，满脸皱纹，大家说他看起来像是一团被单；他那一头好看的白头发，你记得吧，大把大把地掉，我们都能看见他的头顶了。有些时候他好像离开了我们的世界，一个人都不认识了。妈妈说这是生命中的威尼斯，因为他漂浮在时间之外，而且迷失在平静而温和的迷宫里。有些时候，他还是会像以前那样愤怒，不过这种情况越来越少了。他愤怒的时候，大家就会说他一点没变。他仍然会大笑，笑声会充满整个走廊，有一次还触发了警报器；我觉得笑声会是最后一个离开他的。

然后我对离婚和重获新生也完全理解了。他想要永远留住我们的皇帝，希望你不要看见他现在这个样子，尤其是不想让你看见他现在和其他人住在这个大楼里，那些人都是生活无法自理的人。

你已经明白了吧，他答应搬出了和你一起生活的房子。他现在住的地方，只有一个小地方给他放那台用来听有奖竞猜节目的收音机，还有洛奇的照片，他把那张照片挂在床铺的正对面。有时候我觉得他唯一的家人是洛奇。大家都说是洛奇跟他保证，跟他说"来吧，来吧，不要害怕，你会发现我们两个人这样很好"。其他的一切都有人照料，但是电视遥控器里没有电池，而且他也不在乎，因为他根本不看电视。他说那是个老人家才会用的东西。你看吧，战斗还在继续。

　　大家让他住在三楼的一个房间里，他可以望见小学的操场。他可以看到我，我也可以看到他。每个礼拜有那么几次，他会来教室里，然后坐在我身边。我知道你会很开心，因为他是个好学生，非常认真。他有一种你不知道的说话方式，他把字母的顺序打乱，然后为了理解就要重新排列和还原它们。

　　我们俩互相监视着，你也看见了。或许有一天，借着互相监视我们最终会越狱的，两个人一起，最好永远不回来。我只不过做做白日梦而已，我知道他终究要一个人离开的。以前我觉得这是不可能的，但现在我知道并不是我想的那样。因为这样，所以当他想要见你的时候你要做好准备，我们真的没有太多时间了；他要是知道你给他织了一件套衫一定会很开心的。你千万不要因为他不给你写信而生气，有一天我会告诉你为什么的。

热烈的吻
雷鸥纳

几周过去了。

课间休息的时候,我和亚历山大就等着拿破仑出现在他的窗户边。他会给我们一个小小的手势。他的脸瘦得像一把刀子,眼神如烛光般闪烁。他朝我们举起紧握的拳头,我们对他做同样的动作。

我们敬佩他。

他在透明的玻璃窗后像时间一般,笑了。就算他被囚禁起来,就算他的帝国已经所剩无几,他仍然是曾经的那个海盗,抗争在他眼里闪烁,从未消退。

"没错,他在走廊上组织拳击赛!还有保龄球派对!"

"噢!"

"他还训练出一支克劳德舞女队,一支排练到凌晨两点!还有……"

"还有?"

"他还看不起所有人!根本不把监狱放在眼里!"

"我也是!"亚历山大喊道。

"我也是!"我像回音一样接了话。

"啊,这样太好了!拿一个弹珠!拿一个!"

拿破仑干了太多好事,我的父母亲不得不被那个盘着发髻的主任叫了过去。

"凌晨两点还在放克劳德的歌,跟一群克劳德女郎一起扭来扭去,这已经让人忍无可忍了。"

"我们都跟你提前说过了。"父亲说。

"听着,我还没说完。每天都不知道几点了,他还是胃口好得不行,真的让人火大,我想说这简直在挑战我的极限。我可不是那种中看不中用的人。"

她停顿了一下,十指交叉,接着说:"这一切简直是乱七八糟。但今天,他已经超越了我的极限,我要对他说不了。绝对不可以!我很喜欢老人,但是……但还是要守一些规矩的,或者说基本的准则。"

"他总是不太遵守准则,"父亲说,"这倒是不假。"

拿破仑和其他六个伙伴一起把游泳教练关在游泳馆的更衣室里。

"然后他把教练的泳裤偷走了。"主任详细说道,"我们不得不找了个休息室给他关禁闭,但这只不过是个开头,一道前菜。他们还偷了餐厅的西红柿……你知道他们拿去干什么吗?"

我和父亲摇了摇头。

"拿去砸每周三来给他们表演的手风琴演奏人员。二十年来,我们都是对他的表演献上掌声,而您的父亲则把西红柿拿出来,直接扔在了他鼻子上……"

"怎么说呢,手风琴,"父亲说道,"确实有点让人不太舒服。"

"他们要的全是流行乐!那种可以摇摆的玩意儿!他们还要求住双人房,还要贴鲍勃·马利①的海报,还想抽大麻!不可能的,绝对不可能,您的父亲已经逾越底线了。他就是那个始作俑者!带头的!领导!"

"还是个皇帝!"父亲低声咕哝了一句。

"您想这么说也对,皇帝,他的左邻右舍们就是这样叫他的。到了游泳的时候,还会叫他海军司令!"

拿破仑就这样在他那本书的最后几页填满了一道道火线,随着时间推移,他在这个平静的便利社区里掀起了一阵反抗、幸福,又充满能量的风暴,这成了他的遗产,即便在他离开这片土地很久之后,人们也还会记得。

会面的第二天,父亲在主任的坚持下,不得不去教训拿破仑。

"这个地方太多'鸣'令了,"拿破仑说,"我不喜欢被'鸣'令。"

"太多规矩?"父亲快要窒息了,"被你虐待的那个游泳教

---

① 鲍勃·马利(Bob Marley,1945—1981),牙买加歌手,雷鬼乐鼻祖,被誉为"首位第三世界的流行巨星"。

练,他也给你太多命令了吗?"

"我'直'是不想'杯'丢到水里耍得团团转。"

"先不说其他的,"父亲说道,"我再说一次,你不要再用这种怪腔怪调跟我说话。然后,什么叫在水里团团转,在水里运动对你的健康有好处。他在训练你的体能,明白吗?是为了你好!"

拿破仑耸了耸肩。

"不用这么大声喊,我'妹'聋。"

"我没有喊,我在解释!"

"他的豹纹泳'哭'让我很烦'糟'。"

"一条豹纹泳裤哪里招你惹你了?"

祖父的脸上忽然露出了狡黠的笑容,他勾了勾手指头,示意父亲靠近一些,他有话要对他说。父亲听完之后整个人后退了一大步,非常震惊。

"你说什么?他有个很小的……够了,爸,你在胡说八道什么!我真的从来没有搞懂过你。"

"我知道。我们'冲'来就'妹'有懂过对方。但是……"

"但是,嗯?但是什么?"父亲踮了踮脚,问道。

"但是没什么。该打开收音机了,有奖竞猜的时间到了。"

"叮,叮,叮",三声清脆的提示音宣告中场休息。

在那十五分钟里,万事万物尽归原位。

祖母的信

孙儿：

　　从收到你的上一封信之后，我就没停过针织活，手上都长了泡，把灯泡这种泡放在克劳德手里可是一点也不安全（不好意思这个一点都不好笑，我跑题了），要是脚也能织东西，我一定手脚并用，每天每夜，从早到晚我都惦记着这个事情，哪天拿破仑希望我回到他身边，能把这件羊毛套衫给他，让他穿得暖一些，在他生命中的威尼斯时刻，到处应该都很潮湿吧。

　　如果他没有告诉我就离开了，记得告诉他没有关系，我生命中的每一分钟都在思念他，就算他不在了也不会有任何不同，他死后的每一分钟我也一样思念他，唯一让我感到遗憾的事情，是没能再回到那片海滩，我甚至不记得我们已经几岁了，我本想算一算的，但是这让我感到恐惧。我忍不住去看地图，只是为了确定它存在过，我不知道为什么我们再也没有回过那里，他和我，如果还有机会，虽然这么说太蠢了，就应该在事情还有可能的时候去做，这是唯一要记住的事情，其他的都可以通通丢进垃圾桶里了。

　　你知道吗，什么重获新生，我从来就没把它放在心上，人啊一想到死亡就总是活在焦虑不安之中，对拿破仑来说，死亡是唯一能让他感到害怕的事情了，夜里睡觉之前，我有时候会告诉自己，或许我应该留在他身边，绝不离开那个家，但我又觉得我的离开或许算是给他的礼物吧，这样我就在他的眼里和心里留下了最美的样子，为了把它们留给拿破仑，我才同意离婚的，或许你还不是很懂，但人真的是太复杂了。

还有，关于那些混乱的事情，你能想象爱德华找了一个高级生活助理吗，对亚洲的一切都很有研究，他几乎不再和我联系了，有天晚上他给我打来电话说这个礼拜我们没办法见面了，因为有个围棋聚会一直没有结束，他的助理好像是个教授，他们已经看了两遍《七武士》了，这样就有十四个武士了，几乎能凑成一个夏令营了，我不知道他们是怎么办到的，这个可怜的助理好像经历了一段不怎么愉快的职业生涯，他们两个人相处得很好，他还告诉我打算收养她，他在电话里跟我说，"你能相信吗，我就要当爸爸了，在我这个年纪！"当我告诉爱德华我又开始针织活的时候，他用一种非常客气的语气跟我说，这完全不用着急了，因为他已经和他的助理，或者是她的女儿，我不知道怎么说，已经去过日本了，去看能剧的巡回演出，电话里沉默了很长时间，他很尴尬，我没有心情跟他解释我很着急并不是因为他，他后来又感动地跟我说，那语气很温柔，他说自己差点和我犯下了年轻人会犯的错误，我都要哭了,但我不知道为什么。

我只是回答他,"每个人都有自己的幸福!"

写信就像针织活,我根本就停不下笔,但是我得赶紧去接着织毛衣了。

拥抱你

每周两次，在早上的课间休息之后，拿破仑会出现在教室里，一起来的还有两到三个被他拉来参与这个最后行动的伙伴。这已经成了惯例。他们都带着一个写了名字的小学生笔记本。我和亚历山大总是热烈欢迎他们，其他学生会嘲笑我们这么做，但我们毫不在乎。没有人能偷走我们的梦想。

有一天，拿破仑在亚历山大面前停下脚步，看了他很久，从他的奇怪帽子看到了破旧的篮球鞋。

"罗契科战士。"我小声说道。

"罗战士，嗯……罗……你表现很好。我任命你为我的副将。等皇帝不在了，我的小家伙会需要一些帮助的。"

拿破仑故意把自己摊在桌子上。我的桌子对我们两个人来说绰绰有余，我心甘情愿地让他用胳膊肘顶着我的手臂画出了界线。不过到最后，他一点都没有收敛，开始占领更多的位置了。

拿破仑的伙伴们同样是来复仇的，他们要来拿回生命中的一部分，拿回那些一直缺失的东西。他们都有过一个始终盯着他们的达扬德克太太。有一个一直不会除法，另一个是从来不认识菱形，第三个则是搞不懂动词变位。他们之中没有人知道为什么这个世界就要这样奇怪地运转着，对于这个问题，不仅是他们，我们的老师，甚至黑板上边玻璃相框里的维克多·雨果也不知道答案。

最后那几个礼拜，敌人有时候好像撤退了，仿佛它不敢越过学校的大门。

"他今天精神状态非常好！"亚历山大说道。

我几乎相信了。有时候忘记现实是多么幸福啊！拿破仑专心致志地读着书，手指头按在了纸页上。我们像坐在滑梯上一样，从字词上滑过，如果有一天我们能在同一个时候有同样的年纪，或许我们就能一起从这个滑梯上下来了。

那天晚上下课后，我像往常几次一样抛弃了亚历山大，去拿破仑那个小房间找他。祖父难得地寡言少语，正在修指甲（他当拳击手时留下来的习惯）。

洛奇在他的玻璃相框里看着我们。

"爷爷，你看那边的洛奇。"

他抬起眼睛看着那个相框，脸上出现了笑容。

"他一直在那里，"我继续说道，"你留着关于他的回忆，人们还是每天想念他。他还占据着一个神圣的位置！当别人想起他的时候，他就没有真的离开过。只有当再没有人记得他的时候，一个人才真正离开了，不然就不算是真的结束。唯一的敌人是遗忘，不是吗？"

"啊，洛奇，他留下了痕迹，不可能忘记他的。他找到了一个方法，太狡猾了！比我们大家联合起来还要厉害。"

他没有把视线从照片上移开，而是朝他敬了个军礼："你好啊，艺术家！太棒了！你知道吗，小家伙？"

"不知道。"我说。

"生命中最重要的东西并不复杂，只不过是和你爱的那些人好好度过时光而已。把剩下的忘掉，那些一点也不重要。还记得我们是怎么消遣的吗？我们是不是爱着对方？我们开心吗？告诉我，我们在一起的时候开不开心，这让我感觉很好。"

"是，我的陛下，我们很开心，从来没有人像我们这样开心过。"

"以后你要这样说：'我有个爷爷，跟他在一起我很开心。'大家就会明白了。"

"嗯，我会这样说的，绝对不会忘记。我有个爷爷，跟他在一起我很开心。我要记住它。"

"你想让我帮你把它写下来吗？"

他笑了，笑容布满了整个脸颊。

"你知道怎么写？"我问他。

"差不多。我写过很多句子了，但在你旁边的时候，不知道为什么它自己跑出来了。"

我把本子递给他。他用舌头舔了舔笔头，写起字来，小心翼翼地不超出格子。

"我有个'也也','根'他在一走我很开心。"

沉默了一会儿。我的喉咙像被堵住了,终于,我找回力气说道:"我们要继续开心下去,对不对?"

"没错,很快你就会看到个好玩的东西。"

他想说的是什么?他的好玩的东西是什么?我打了个哆嗦。

突然,他好像有点尴尬。

"我有个事想求你。"他咕哝道。

他从枕头下拿出一张折好的纸,递给了我。就在我要接过的瞬间,他又把手缩了回去,怀疑地说道:"你不会嘲笑你的皇帝吧?"

"当然不会!"

"发誓。"

"我发誓。"

"好,那给你吧。我自己写的。说到底学写字还是有用的,可能有一些写错了,但没关系,你可以改一改。把逗号、句号加进去,我把它们单独放在一边了,你动作要快点,这很紧急。然后用加急信件寄出去,不过你要知道这不是……"

"……妥协……只不过是分散注意力。"

"没错。只有你懂我。"

"只有我和洛奇。"

"对,你和洛奇。"

我一路奔跑,满脑子都是这个要完成的任务,余晖投下冷冰冰的光线，将现实切割开来，我穿过空荡荡的街道回到了家里。时间紧迫，世界只是一个沙漏，时间正在一点一滴地流逝。我告诉自己，要是幸运的话，这封信今晚就能寄出去。每一分每一秒都变得弥足珍贵。

家门微微开着。我推开它，担心忽然藏匿其后的不幸。总是有许多危机在窥视我们的生活。我的脚步声在空无一人的走廊里回响，母亲的包包丢在桌子上，钥匙在瓷砖上闪闪发光。我的心跳加速，客厅里的呻吟声让我呆住了。

亚历山大站在我母亲面前，她坐在椅子上，正拿着棉花球往他脸上涂红药水。

"我看起来一定像个小丑，是吧？"亚历山大说。

他的脸上露出痛苦的笑容，鼻子里还流着血。

"他们看我一个人就跟着我。"

他笑出声来，说不下去了。

"但我跟他们打了一架，把拿破仑的弹珠和我的帽子都抢回来了。"

他轻轻抬了抬帽子，就像我们见面打招呼那样。

"别动，"母亲轻声道，"不然我会涂到其他地方。"

亚历山大不动了，眨了眨眼睛，两条腿绷得紧紧的。他说："我保证不动了。"

我几乎不敢呼吸，生怕打破了这种信任。

一大堆问题从我脑袋里涌出来。为什么他被打的时候我母亲会在那里？是她把那些男孩子赶走的吗？还是他不知道该去哪里才来这里求助？

她把绷带和胶布收好，拧上了酒精瓶的盖子。她拉过亚历山大的手，看着他的手掌心，那简直就是两个小小的调色板，上面交错着绿色、蓝色和黄色。她发出清脆的笑声，亚历山大也跟着笑了出来。

"你都用完了？"母亲问道。

"嗯。"亚历山大答道。

"在你这个年纪的时候，我也经常满手颜料，下次我把其他的颜色都给你。"

"所有的颜色？"

"所有的。"

看见他们待在一起的那种幸福感在我身上弥漫着，我的好奇心一点一点地淡去了。

我决定保持沉默，因为他们身上我所爱的，就是他们从未提起过的。

拿破仑的信

修改之前

约瑟分那重或新生的事情直的四该死啊和你离昏这件事还有赶你出家门我都要根你道歉这一切都四因为我对最后这场仗很焦虑我以为变老这件事只要你不同义只要对它

说滚就行了旦其实根本就不是这样子对手强大了，实在是强大了连才判都收买了你可能不相信我旦我的全头里什么都没有了手必也伸不出去了只有一团乱象个海绵球一样我已经尽全力去战斗了旦眼下斗志已经离我而去了我不久了我已经走到人生边上了也没什么好讲的了甚至我那些漂亮的发已经掉光了这没什么因为我还能感觉到你的手掌在抚摸我的发还掉了个牙跑过一只小老鼠都能下我一跳我现在唯一想做的事情就四见到你，和你度过我剩下的时间如果你回来了你可能会分不青楚我跟背单我就在那里面旦愿你不要太惊讶还有一件事你会四唯一之道的人你也之道它从来没有被说出口去找洛奇汇合之前我想对你把话说完

拿破仑

。。。。。。。，，，，，，，
；；；；；；！！！！！！！
把这些标占伏号加近去小家火

修改之后

约瑟芬娜：

重获新生的事情，真的是该死啊。和你离婚这件事，

还把你赶出家门，我都要跟你道歉。这一切，都是因为我对最后这场仗很焦虑。我以为变老这件事，只要你不同意，只要对它说滚就行了，但其实根本就不是这样子。对手太强大了，实在是太强大了，连裁判都被收买了。你可能不相信我了，但我的拳头里什么都没有了，手臂也伸不出去了，只有一团乱，像个海绵球一样。我已经尽全力去战斗了，但眼下斗志已经离我而去了。我撑不久了。我已经走到人生边上了，也没什么好讲的了。甚至我那些漂亮的头发已经掉光了；这没什么，因为我还能感觉到你的手掌在抚摩我的头发。还掉了颗牙，跑过一只小老鼠都能吓我一跳。我现在唯一想做的事情就是见到你，和你度过我剩下的时间。如果你回来了，你可能会分不清楚我跟被单，我就在那里面。但愿你不要太惊讶。

还有一件事，就是那件事，你会是唯一知道的人，你也知道它从来没有被说出口。去找洛奇会合之前，我想对你把话说完。

拿破仑

我在黎明时分把信寄出去了。

我等待着。

当夜，一场突如其来的高烧侵袭了我，把我牢牢钉在了床上。我把它视为一场祝福。我把手放在脑袋下面，思绪迟钝地在床上躺了很久。我在想拿破仑信里提到的那件事究竟是什么，让他如此耿耿于怀。如果我知道他从来没有当过拳击手，从一开始就对我说了谎，我会有什么样的反应？在疯狂的一瞬间里，我甚至希望他就带着他的秘密离开我们。就像已然沉入海底的满载金银珠宝的西班牙商船，让几个世纪以来的人们魂牵梦萦。

我睡着的时候，大树又开始接连不断地倒下，就像一个个忠诚的战士。当我醒来的时候，汗水已经湿透了我的被单。雨点落在屋顶上，时间缓缓流淌，它们交叠在一起，让人绝望。

母亲坚持不懈地在楼上画画，时不时来推开我的房门。

我们的眼神交错。"还好吗？"她问我。

"好一些了。"我回答她，"你在做什么呢？"

她把满是色彩的手拿给我看。

"我得快一点。"她轻声道。

下午快要结束的时候，亚历山大来了。我知道我在等他。

"轮到你来跟我讲故事了。"我跟他说道。

"他没来。"

"一整天都没有出现吗？"

"一整天都没有。而且也没有出现在窗户边，你不相信吗？"

我点了点头。他笑了，又说道："他没有出现在窗边，但他一直看着我们。"

他低头看了看，把系在他腰带上的小袋子拿了下来。

"给你，"他说，"你拿着吧。只有两颗了，拿走吧。"

我拿出那两颗弹珠，在我眼前摊开了手掌。它们躺在我的手心里。

"我们一人一颗。"我说。

"拿破仑的遗产。"亚历山大小声道，"只有兄弟才能平分遗产。"

我用手指头拿起亚历山大留下的那颗弹珠，它闪烁着光芒。

"它很漂亮，对不对？"他说道。

"对，"我小声说，"它在发光。它好像藏了很多事情。"

"秘密的事情。"

"我看到它就会想起你。"他说道。

"我们再次相遇的时候，这个就是暗号。就算过了很久，我们也能认出对方。它们会一直这样闪烁。"

他手里拿着帽子，我的目光一直被它吸引。我们的眼神碰在一起，他的眼睛在发亮，他咕哝道："我要把它还给我爸爸了，他今天出狱。我们要团聚了，我会让你看到那一幕的。"

"你有照片吗？"

"比照片还好，你看。"

那幅画充满了幸福，让人着迷。我认出了那张纸，也认出了我母亲经常用的颜色。

"我们永远不会远离爱的人，"他说，"就算我们分开了也不会。"

他把那幅画小心翼翼地收进书包里的时候，我小声说道："她教你作画。"

"她教给我的是希望。希望与快乐。你会告诉她的，对不对？"

我点头，最后一次把那顶声名远扬的帽子拿在手里。

"那，这是他的帽子？"我问道。

"没错，第一个'R'，是拉斐尔（Raphaël）的'R'。但这不仅仅是他的帽子，也是我们家族的帽子。我曾祖父的帽子……然后变成我祖父的，后来又给了我父亲。"

"以后它会变成你的。"

他点点头。

"它的旅途好漫长！它被留在了记忆里，所以才不能弄丢它。"

"在谁的记忆里？"

"在一去不复返的漫长的旅途记忆里。"

他甚至没来得及关好房门就跑着离开了。

又在倒下的树林中度过了一个夜晚。此刻我孤零零地面对它们，亚历山大不在，句号也不在。父亲汽车的发动机声响在凌晨把我叫醒了。我的意识清晰无比，高烧无影无踪。为什么父亲到现在才回来？我听见母亲急匆匆跑下楼梯的脚步声。关门声传来，随后汽车碾过碎石开远了。一切归于沉寂。

亚历山大来时的场景在我脑海里不停地出现，我觉得十分孤独。

随后我发现母亲在离开之前从我房间的房门底下塞了几张新的画进来。

是《拿破仑之书》的最后几页：教室里，他坐在我旁边；他出现在窗户里的脸庞；空荡荡的窗户。我几乎认不出这些画里的自己，好像我比实际上要大很多岁。

越接近最后一页，颜色变得越淡。

最后一页仍然是空白的，一片雪白。

我闭上眼睛。

我毫不犹豫地起身。雨一直下。下得那么大，马路上出现了又大又深的水坑，车子经过的时候都放慢了速度。天空和树木在我四周打转，我疯狂地跑着，但仿佛在噩梦中一样，我似乎一直还在原地。我发了疯一样地跑，脑袋在震动，耳朵里嗡嗡作响，仿佛这场奔跑能逆转万物的进程。但这万物的进程却是没有人能阻挡的。

雨水顺着我的脸颊滑落。

我打开门。拿破仑的房子被遗弃了，空洞，寒冷。家具消失了一大半。父母亲把它们卖掉了吗？它们飘去了哪里？花园就像一个小丛林。我好想闯进去，然后消失在里面。忽然，它出现了！白色牝鹿！它就在那里，就在玻璃窗的那一边，离我不过几米远。花园里繁盛的草木，在它的白色光芒之下仿佛成了宝盒。它静静伫立在那里，高贵的头颅望向我的方向。我就这样迷失在它温柔和深邃的眼眸里。几秒之后，它消失了，如此迅速地消失了，我不禁在想自己是不是做了一个梦。

在陈列室的墙上，洛奇的照片在墙纸上留下了一个淡淡的方形。我呼唤着："拿破仑……我的皇帝……"

墙壁吸走了我的声音。这就是我要面对的寂静。这就是要我必须习惯的空寂。

但是，"我们永远不会远离爱的人，就算我们分开了也不会"，亚历山大这句话驱散了我的沮丧。

车库里很整齐，往日的杂乱无章不见了。唯独拿破仑的旧拳击手套还在那里，被带子绑在一起。手套的皮革味道从未散去，仍然散发着胜利的气息。我把它们挂在脖子上。

雨一直下，天色灰暗低沉。我穿过一条泥泞的小道，走向小城的街道。

有棵长在泥道边盘根错节的粗壮橡树，看起仿佛坚不可摧，却横躺在我的去路上。树根从沙土里被连根拔起。成千上万的虫子聚在一起，排着整齐的队伍，前往新的庇护之所。我无比小心地后退了几步，不破坏任何东西。更远一些的地方，我抚摸着树皮，沿着树干往前走去,望向天空。天空灰暗,仿佛静止般一动不动,神秘得如同我们的人生。

几分钟过去了,或者是几个小时过去了。

我朝着祖父跑去,在无尽的雨水里,我不知道自己是在笑还是在哭。

约瑟芬娜来了。她在拿破仑的床对面。她朝我微笑,但没有说话。她消失在洗手间里,但很快又拿着白色的毛巾出来,擦干了我的头发。

拿破仑看起来精神很好,几乎变得年轻了。他像是漂在约瑟芬娜的套衫里,手臂垂在身旁,却还是握着拳头。

"要是你和我掰手腕,你一定会输。"他看着我,虚弱地说道。

我才发现他身上连着一台机器,屏幕上正在不停地跳着数字。

"你看吧,小家伙,"他叹了口气,"计时器,我们根本逃不出它的手掌心。到头来还是它说了算。你要努力不被计时器束缚了,也不要被方头皮鞋束缚了!"

他朝我父亲露出了一个无比温柔的笑容,对他说道:"你别哭啊,浑小子!"

"我想哭就哭!"

拿破仑转头看我:"时间到了吗?"

我点了点头,然后打开了收音机。马钦那让人安心的声音充满了整个房间。一如往常,他经常邀请一些职业很特别的选手来参加比赛,这次的参赛选手是一个刚刚退休的法官,马钦问他有什么难忘的回忆。

"在我的法官生涯里,我看到了太多美好的事物,但你要相信我,最美好的回忆是关于一位拳击手的。他快要八十六岁了,充满激情,为了重获新生而离婚。你一定要相信我,那天我感觉自己就像是面对着一个不朽的人!"

拿破仑在欢呼声中睡着了。我在节目还没结束的时候就关掉了收音机。沉重的寂静,唯独能听见那台一直在跳动的机器发出的声音。

"你得离开,"我父亲说道,"这不是……"

"不行。"

是拿破仑。他的声音那么虚弱,轻得几乎听不见。他接着说:"我有几句话要跟我的将军交代。"

我靠过去,耳朵凑到他的嘴边。

"第一件事,小家伙,把这个该死的计时器给我拔掉……有更重要的事情要做……"

机器戛然而止。

"还不是懦弱的时候,小家伙。我们要用最快的速度讲完。从今天起你不再是我的将军了……我把皇帝的最高权力交给你。做你想做的吧……"

"我一定会好好守护它,你可以放心地离开。"

"然后，我希望你知道我已经战斗到最后一刻了……但还是无济于事啊。敌人还是太强大了……"

他的拳头毫不费力地就伸进了拳击手套里，我帮他把绳带系好。

"拳击，在台上就是要尽你所能去打。一开始的时候，过程中，然后……"

"到结束的时候。"

他笑了，扭头看向约瑟芬娜。他们的眼神扣人心弦。约瑟芬娜低下了头。

"小家伙，"他说道，"你应该明白的，我不知道自己是不是说得出口。"

他举起一只拳头，看着眼前那面墙。是洛奇的照片。父亲在努力地忍住泪水，他靠在墙上，离那张照片不到一米远。我和约瑟芬娜的眼神交错了一下，然后看向拿破仑。难道是……不对，我应该是理解错了。要么就是我根本没有睡醒，要么是我又发烧了……但我想起了拿破仑生日那天，在厨房里的那一幕。手套，旧手套……洛奇的手套……我父亲……

我的心脏仿佛静止了，连喉咙里的口水都咽不下去。我捂住自己的嘴生怕喊出声来。我再一次靠近拿破仑。

"你明白了吗？"他轻声说道，我几乎听不见他的声音。

"我想……"

"漂亮的把戏，对不对？"

"这也太……"

"是杰作,我知道……"

"比赛根本就没有被动手脚,是不是……"

"不,确实被动了手脚。只不过是我动的手脚,我没有说谎。"

"他说什么?"父亲问道。

"没什么,爸爸,他说……他说他爱你。非常爱你。他又说了一些事情,没什么重要的。"

"Trafe, Bubo.(演得好,小家伙。)过来,再听我说。中场休息的时候,洛奇跟我说他生病了。他病了,而且剩不了几个星期了。有个什么浑蛋东西在他身体里长了起来。拳击手从不说谎。尤其是洛奇。我很了解他,从他眼里我看到他说的都是事实,那是即将脱下拳击手套的悲伤。那个时候他就请求我……"

"……让他赢。他求你最后让他再赢一次。"

"不是……那是我的主意。我本能的反应。他身边有个小男孩,非常非常年幼的男孩子,只有一只小虾那么大,我也不知道为什么他妈妈不在身边。但你也知道,我们是拳击手,我们的人生总是很奇怪……他求我照顾好他。抚养他长大,给他拳击手套,让他成为真正伟大的拳击手。拿一个冠军纪念他,纪念洛奇,去完成他还没有来得及完成的事情。但是啊,他搞错了。他特别交代我,让我别告诉这个男孩谁是他的父亲。但是你看,我只做到了一小部分承诺。我把后面的事情都搞砸了。再过几个小时,洛奇就要臭骂我一顿了。"

"才没有,你才没有都搞砸了。你是皇帝,你的统治永远不会结束。"

"Eble vi rajtas. Eble mia malsukcesado estis precipe koni lin ververe. Mi tro stultis!（没准你说得对。或许我真正搞砸的，是没有了解他。我真的是太浑蛋了！）"

"他说什么？"父亲咕哝了一句。

"没什么……他说你是最好的儿子，爸爸。而且……"

所有人都等着我说下去，我看着在场的所有人。

"而且他想要……"

我不知道该说什么。约瑟芬娜闭上了眼睛。这不可能。母亲在飞快地画着。

海滩。那是最后一页。

我们在走廊上跑着，主任在后面追着。我们从其他住客前经过，他们纷纷从房间里出来，要和这位在过去几个礼拜把自己生命带进他们生活的人打声招呼。我们扶着拿破仑，所有人都伸过手来摸他，仿佛彼时他刚从拳击场上走下来。

"不行！"主任尖叫着，"不行！这突破我的底线了，要先签字，要写责任声明，还得把授权都填完整，都得按照规定来。"

然后我父亲说出了历史性的一句话："你知道你把规定放在哪里吗？"

我想，从那一刻开始，至少是我们两个人在守护皇帝了。拿破仑从瞌睡中打起精神来，给了我父亲一个赞许的眼神，父亲非常激动,浑身颤抖着,回头朝走廊里所有的住客用尽全力喊道:"这!是!我!爸!"

透过玻璃,办公室里主任正在打电话。

在父亲的汽车里,他激动地调整着导航系统。路线浮出来了,电子音宣布:"前进!"

我很确定这就是洛奇的声音。

发动机轰鸣,母亲坐在前面,拿破仑坐在我和约瑟芬娜之间,句号在我的腿上。皮座几乎把我们包了起来。

"爸,"父亲吼道,"还有多少时间?"

父亲和平常不太一样,拿破仑在半睡半醒间游离,结结巴巴地说:"不知道,浑小子。不多了,你要是被吊销驾照就是今天了。"

时速至少有两百公里。马路上的闪光灯都在拍我们。十二分就这样消失在空气里。

我在拿破仑耳边小声说道:"你看你多出名啊,大家都忍不住给你拍照。"

我不知道他有没有听见我说的话。约瑟芬娜沉默不语,只是紧紧握着他的手套,看着窗外闪过的风景。她呼出的气息在玻璃上留下了水雾,拿破仑的脑袋摇摇晃晃,靠在了约瑟芬娜的脖子上,看起来就像个孩子。

父亲突然把车开进了服务站。加油。他在找他的钱包,摸遍了全身的口袋终于不得不面对现实:"他妈的,我忘了带钱包。"

他思忖几秒,又说:"算了,什么混账东西,我不在乎,我会还的。"

我陪他下了车。他在解释,绝望地比画着。他的下巴在颤抖,眼睛里充满泪水。他看起来像个疯子。需要请示经理。这样要花时间。要很多时间。他提高了嗓音。他的口袋里还有一些零钱,他把它们丢进了咖啡机,机器给了他一杯猫尿一样的玩意儿。他踹了它两脚,然后两个保安走了过来。

"怎么,有人搞事?等等,我认得你,我们见过面的……软蛋,你还记得吗?你是不是有病啊,咖啡机怎么招惹你了?"

事情突然就发生了。父亲从远处发来一记右击,远远地打过去,直接击中了一个保安。第一个软蛋已经倒在地上,第二个后退了好几步,父亲难以置信地看着自己的拳头。他抓起我的手,我们后退着,地上的保安正拿着对讲机说话,此地不宜久留。

旅途继续,但我们已经犯了法。汽车变成了无声的呼唤,拿破仑仿佛一个影子,他用仅有的力气结结巴巴地说:"你那个右击,及时,到位,冠军!"

"谢谢,爸!"父亲喊道,"谢谢你!老爸!"

"支持你。"

拿破仑转头看我。费了很大的力气,张开嘴好几次,终于小声地对我说道:"小家伙,我们保持联系。"

我告诉自己,这可是他对我说的最后一句话了。我回答他:"我们保持联系。"

父亲不再出声了。时间飞逝,而在收费站等待着我们的是一个大搜捕。

三辆警车拦住了去路,父亲放慢车速。

"该死!"

栏杆前站着两个警察,拿破仑要死在收费站前了,而且很有可能是在我们所有人都被逮捕的时候孤零零地死去。父亲低声道:"爸爸,对不起……我真的很想让你再开心一次。"

他下车了,打算解释,但两个警察立刻就把他按在引擎盖上,把他的胳膊扭到背后。然后另外一个看起来像是头头的人靠近我们的汽车,绕了几圈。母亲打开车窗。

"我们要去海滩。"她说道。

"去海滩?你在开玩笑吗?马上你们就能去一个专门的海滩了,保证没人打扰你们,而且还不用抹防晒霜。"

他的眼神扫过车厢,停在了穿着羊毛套衫的拿破仑身上。他的表情僵住了,皱起了眉头。可能是养老院的主任给了他逃犯的特征,那个警察目不转睛地盯着拿破仑的手套。

"'为胜利而生'。"他喃喃自语。

我们的眼神交错在一起。

"1951年和洛奇打的最后一战?"他问道。

我笑了,回答他:"是1952年。被动了手脚的比赛。"

随后他转头看着还被按在引擎盖上的父亲,直截了当地问他:"还有多少时间?"

"游戏暂停了吗?"我父亲回他。

三分钟之后,警笛响起。我们紧跟在两辆为我们开道的机车后面,机车全速前进,汽车纷纷停车靠边避让,红灯变成了绿灯,路灯为我们的路过而谦卑地鞠躬。

拿破仑睁开眼睛,轻声说:"维克多·雨果也不过如此,对吧?"

导航系统再一次传出洛奇的声音:"您已抵达目的地。旅程结束。"

沉默了整整十秒钟,他又说道:"祝你好运!"

海滩。

阳光掉在海里,我们扶着拿破仑朝着大海走去。他把脚踩在沙子里,笑了。唯独这个笑容,才让我们觉得他还和我们在一起。我不想哭了。约瑟芬娜把鞋子提在手里。

我们让他躺在沙滩上,他的脑袋枕在约瑟芬娜的膝盖上。句号卧在一旁。剩下的,只有等待。听浪花声响,温柔的泡沫在沙子上破裂开来。几米开外,每当海浪涌起的时候,护栏就会跟着摇晃起来。不远处,一对情侣拉着手在沙滩上走着,留下了一串脚印。拿破仑还有一丝力气,轻声说:"Estas bela loko por morti."

他的话语融进了浪花声。父亲迟疑了,问我:"他说什么?"

我笑了:"他说,这里是死去的好地方。"

尾声

几个月过去了。学年结束了,我也要离开小学了。

然后假期一结束,我就上中学了。新的生活就这样开始了。

有个学监负责各种各样的社团,有好几个礼拜的时间,我们几乎天天都能看到他。他对我们在学校外的消遣很感兴趣,直到有一天,我跟他说我从几个月前开始学拳击。

"不过我没我祖父那么有天分。"我说道。

就在说出这句话的瞬间,我忽然意识到其实我自己并不知道自己说的是拿破仑还是洛奇,或者是他们两个。

学监让我看他眉骨上的伤口。

"你看到了吗?"

"嗯。"

"你能猜到吧,我已经认识一个拳击手了。只认识一个就足够了!去年的事情了,混账,我想起来还觉得可怕。我和朋友们经常去保龄球馆找乐子,结果有一天我们喝了点酒,嘲笑了一个老头,他只不过是丢了几个全中嘛,没什么大不了的,你也懂得,就是开开玩笑而已……"

"然后呢？"我问道。

"然后，巧了，他不喜欢开玩笑。我们有十个人，结果他把我们一个一个干趴下了。"

"不会吧？"

"没骗你，我发誓。而且他应该至少有八十岁了，还瘦得跟张纸一样。一个接一个，我跟你说，'啪！啪！啪！'我们像被枪打中了一样，一个个倒下去。你在听我说话吗？哦！你还好吗？"

我听见球瓶倒下的声音，围观的人群响起掌声。

拿破仑向大家致意，仿佛是一个伟大的艺术家。

而亚历山大的弹珠就躺在我手里，允诺我们将分享永恒。

图书在版编目（CIP）数据

爷爷一定要离婚 /（法）帕斯卡·鲁特著；黄可译
. — 北京：中国友谊出版公司，2018.6
ISBN 978-7-5057-4394-6

Ⅰ.①爷… Ⅱ.①帕… ②黄… Ⅲ.①长篇小说－法国－现代 Ⅳ.①I565.45

中国版本图书馆CIP数据核字（2018）第110813号

著作权合同登记号　图字：01-2018-4778

Barracuda for Ever by Pascal Ruter
Copyright © 2017, Editions Jean-Claude Lattès / Didier Jeunesse
Copyright © 2017 by Pascal Ruter
Published by arrangement with Editions Jean-Claude Lattès / Didier Jeunesse, through The Grayhawk Agency Ltd.
Simplified Chinese translation copyright © 2018 by Beijing Xiron Books Co., Ltd.
ALL RIGHTS RESERVED

书名	爷爷一定要离婚
作者	［法］帕斯卡·鲁特
译者	黄　可
出版	中国友谊出版公司
发行	中国友谊出版公司
经销	新华书店
印刷	三河市冀华印务有限公司
规格	880×1230毫米　32开 7.75印张　160千字
版次	2018年7月第1版
印次	2018年7月第1次印刷
书号	ISBN 978-7-5057-4394-6
定价	45.80元
地址	北京市朝阳区西坝河南里17号楼
邮编	100028
电话	（010）64668676

如发现图书质量问题，可联系调换。质量投诉电话：010-82069336